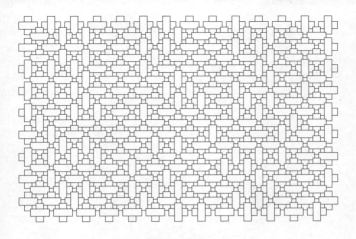

自分思考

山口絵理子

JN166631

講談社+α文庫
プラスアルファ

文庫版まえがき

——「やりたいことを見つけたい」人の背中を押せたら

はじめまして、そして『裸でも生きる　25歳女性起業家の号泣戦記』や『裸でも生きる2　Keep Walking 私は歩き続ける』などの拙著を読んでくださった皆さん、本当にありがとうございます。

この『自分思考』が文庫化されることを聞いて、正直とても驚きました。この本は、いわゆる創業ストーリーとは違い、完全にエッセイです。本を読んだ後の爽快感や、読んでいる最中のドキドキハラハラはありません。

この本は、私が30歳になった年の、やりたいことを見つける、そして一歩踏み出す時、心で感じたこと、頭で考えたこと、それらを100パーセント素直に書いただけです。

ただ、先日、ある講演会でお話しさせて頂く機会がありました。

会の後に、ささっと、この『自分思考』を抱えて私の方に駆け寄ってくださる一人の可愛らしい女性がいました。

その方はとても緊張している様子だったのですが、満面の笑みで私に言ってくれました。

「いつも、気が重いなって思いながら会社に行く時、とくに月曜日とか、地下鉄の車内でこの本を読むんです。そうすると、なんだか気持ちが楽になって……。バイブルなんです！　だから、その……御礼を言わせてください！」

私は涙が出そうになりました。

私は何か大きなことを達成したわけでもなく、起業してまだ10年しかたっていない、本当に今でも失敗と勉強の真っただ中にいます。

ただ、この『自分思考』について、唯一言えるのは、大きな事業を成し遂げた大先輩の言葉ではない、今でももがいている自分だからこそ書けることを書いたということです。

そこには嘘は全くなくて、「どうにか夢を見つけたい」と、もがいていたときの心境、そして夢が見つかった！　と思って走り出しても、それでもまた悩みが出てくること。その時にどんな気持ちで一歩進めたのか。それらを正直に書きました。

すべては主観で、１００パーセント私の経験でしかありませんが、１パーセントでも、「やりたいことを見つけたい」と思っている人、そして「勇気がなくて一歩踏み出せない」と思っている人の背中を押すことができたら、本当に幸せです。

２０１６年４月　山口絵理子

プロローグ

本を読むってどういうことだろう？　と私は思った。エッセイに関して言うと、それは著者の経験や価値観や哲学をお裾分けしてもらって、そこから自分自身の人生にプラスになることを取り入れたり、参考にするということだろうなぁと感じた。

〈この5年間で得た経験や価値観や心の変化をお裾分けする〉

自分自身の考えた、この〝書く意味〟に対して、私はすごく腑《ふ》に落ちた。

なぜなら、自分自身の経験は未完成で未成熟なものではあるが、他の誰かがした経験かというと、そうじゃないことは間違いない。

バングラデシュに行って工場をつくり、日本や台湾でお店をつくり、山あり谷ありの中で葛藤や悩みと共に進んできた道のりは、読者の方がやりたいと思っても〈やりたいと思う人がいるかどうかは微妙だが……〉、少し体力と気力がいることだし、それを200ページくらいの本でお裾分けできたら、私は書く意味があると思ったのだ。

すばらしい年上の成功者の経験談ではないからこそ、現在進行形の未完成の物語として、きっと読者の方にとって、近くに感じられるものがあるんじゃないかと思った。

そうして書きはじめた人生初のエッセイだった。

5年間をまとめるのはとても苦労したし、何が一番読みたいことなんだろうという感覚もあった。そこでよくメールや取材で聞かれる内容は何かなぁということを振り返りながら、それに答える感覚で書きはじめた。

「山口さんは、どうしてそんなに行動力があるんですか？」

「やめたいと思った時はないんですか？」

「何がモチベーションですか？」

「今と昔とで何か変化はありますか？」

「起業するってどういうことですか？」

「ブレない自分自身っていうのは、どうしたらできるんですか？」


そんな質問をいつももらう。その度に、私は自分の中でも整理できていなかったことが多く、うまく返答できなかったし、その時によって変化する部分もあった。だから本を通じて、こうした質問にじっくりと向き合いながら書いていくことで、逆に自分自身を分析したり、再発見したり、再認識するきっかけになった。

タイトルは決まっていなかった。とりあえず中身を書こうと決めた。すべての質問に答えるような形で書き終えた時に、共通しているテーマは何だろうと思った。

それは「自分」という言葉のように思えた。

何かやりたいことを探したり、見つけたりする。そして一歩踏み出してみる。踏み出したことを続ける。そうしたプロセスの中で私がつねに声を聞いてきた一番の相手は、「自分自身」だったということを感じた。

そして、改めて、誰かの意見を聞いたり、外の情報を入手したり、本を読んだり、という作業ではなく、自分の中で何かを探したり、考えたり、悩んだりという行為で、この5年間は溢れているんだと知った。

そんな行為を表現する、いい言葉はないかなぁと考えた末に、「自分思考」という言葉を選び、タイトルにした。

タイトルを決めた後に、「思考」という言葉の意味を改めて調べてみた。

思考とは、「必ずしも結論に至るものではない。思考の過程とは成功への道筋が存在しない中で、暫定的、実験的、懐疑的なさまざまな糸口らしきものを探し、失敗にも多く行き当たりながら思索を進めるもの」とイギリスの哲学者ギルバート・ライルは書いている。

まさに私の5年間は、「思考」でつまっている！　と気づいたのだ。

プラトンは「思考」を、「自分自身と対話している状態」だと言っている。そして、「誰かに聞かせる意図をもつものではない」と。確かにそうだと思う。私自身もこうして自分の思考過程を本で書くなんて思いもせず、思考を繰り返してきた。

だからこそ、背伸びをしたり、見栄を張ったりせずに、100パーセント素直に正直に、自分が自分自身と対話してきた心の変化を書いてみた。

一つの文章だけでも、明日からまたはじまる読者の方々の人生にとって、プラスになったらいいな、と思っている。

目次

第二章✦一歩踏み出してみる

第三章✦続けてみる

撮影　五十嵐隆裕

本書をお読みになる前に――既刊『裸でも生きる』とは？

「君はなんでそんなに幸せな環境にいるのに、やりたいことをやらないんだ？」

バングラデシュの人たちが、こう自分に問いかけているような気がした。他人にどう言われようが、他人にどう見られ評価されようが、たとえ裸になってでも自分が信じた道を歩く。

それが、バングラデシュのみんなが教えてくれたことに対する私なりの答えだった。だからこそ、私の起業ストーリー『裸でも生きる』では、この覚悟をタイトルにした。

「途上国発のブランドをつくる」

私は、こんな突拍子もないアイディアを実現させるべく、アジア最貧国

（2004年当時）であるバングラデシュで起業した。

まだ23歳のころ。ここまでの歩みは、まさにジェットコースターのように波瀾万丈。けっしてまっすぐではなく、紆余曲折だったからこそ、濃厚な時間を過ごした。その中で私は自分自身と向き合いながら前に進んでいった。

小学校時代はイジメにあい、校門をくぐれないような子どもだった。その反動から中学で非行に走った。しかし、そこにも居場所がなく、偶然出会った柔道に打ち込んだ。どうせなら強くなりたいと、進学した先は「男子」柔道部が強かった工業高校。何度も監督に直訴して入部し、地獄のような特訓を重ね、3年生のとき、全日本女子柔道ジュニアオリンピックカップ48キロ以下級で7位に入賞し、全国トップクラスになった。

そこからまた一転、まだ自分には、他にできることがあるはずだと思い、柔道をスパッとやめて、ほとんどの生徒が就職する工業高校から、慶應義塾大学総合政策学部に進学した。そこでは、竹中平蔵ゼミで開発学という学問に出会い、途上国の経済成長理論を学び、途上国援助に目覚める。

しかし、大学のインターン時代に夢かなって働くことになったワシントンの国際機関で、途上国援助と言いつつ途上国の現場がリアルに感じられない大きな建物に大きな疑問と矛盾を感じた。「本当に援助は届いているのかな。どれくらいの人がこれで生活が変わっているのかな」。現実を自分の目で見たくていてもたってもいられなくなった私は、「アジア」「最貧国」で検索して出てきた「バングラデシュ」に突然渡ることになる。

バングラデシュで私を待ち受けていたものは、開発学の教科書には載っていない、すさまじい政治腐敗と経済格差。役所に水道を通してもらうのも賄賂、交通事故で警官に救急車を呼んでもらうことまで賄賂。この衝撃に私は怒り、そして「自分の中での思考」の試行錯誤を経て「マザーハウス」という一つの役割を見つけた。必要なのは援助や手助けではなくって、「仕事」なんだ。そして「ものづくり」の仕事の中でも、この国の人たちは貧しいけれど、貧しいものしかつくれないわけじゃない。そしてかわいそうだから買ってあげるものしかつくれないわけじゃない。

先進国の人たちが本当に「これカワイイ！」と思うものを、このアジア最貧国でつくろう。「途上国から世界に通用するブランドをつくる」。

こうしてバングラデシュで起業を決意、現地が誇る特産のジュート（黄麻）を使った高品質バッグを現地で生産し、先進国へ輸出販売する株式会社マザーハウスを設立した。その後、数々の失敗、挫折、裏切りに遭いながらも、歩みを続け、途上国発ブランド・マザーハウスは直営店舗と直営工場を日本とバングラデシュで構えながら少しずつ成長していく。

ここまでのストーリーを書いた『裸でも生きる』は、多くの方に読んでいただくことになり、毎日放送「情熱大陸」をはじめ、さまざまなメディアが取り上げてくださった。

2年後の2009年、『裸でも生きる』のその後のストーリーとして、『裸でも生きる2』を書かせていただいた。

バングラデシュで生産したバッグを販売する、日本初の直営店オープン当日からスタートする。順風満帆かと思いきや、たくさんのメディアに注目されて孤独を感じる日々、信じていた現地スタッフの裏切りなど、流した涙は倍になる。

2009年、ようやくバングラデシュが軌道に乗りはじめ、次の挑戦をするため歩みを続けた。混迷する政治状況の中で、観光産業しか支えがない国、ネパールへ旅立つ。再び押し寄せる裏切りや絶望、マオイストの恐怖に怯え、危険を乗り越えながらも、ネパールの資源で世界に通用するものづくりを行っていくプロセスを綴ったのが、『裸でも生きる2』だった。

2011年現在、バングラデシュからバッグ・小物を、ネパールではレディースのアパレルを生産し、日本および台湾に8店舗を設け、スタッフの数も80名を超えた。私はそんな会社の代表取締役兼デザイナーをしている。

この2冊は、貧しい国で見つけた夢を一歩一歩形にしていった28歳までの全記録である。

第一章

みつける

自分の過去に触れる——自分をつくってきた原体験

私は学生時代、自分が一体何をやりたいのか、まったくわかっていなかった。だからこそ「夢は何？」って聞かれても、答えることができなかった。高校時代は365日朝から晩まで柔道着姿で過ごし、3年間、自分の部屋の天井に「目指せ日本武道館」と書かれた紙を貼り、優勝することばかり考えていた。だから柔道をやめて、いざ大学に入ったとき、〈はて、私は何をしたいんだっけ？〉と思ってしまったのだ。

周りはみんな、大学Ｉ年生にしてちゃんとした夢をもって、学外での活動も精力的にやっていたような学部だったから、ひたすらコンプレックスばかり。そこに内気な性格も重なって、影が薄くて無口でノリが悪い、そんな女子大生だった。

〈ああ、私ってば、どこに向かっているんだろうか〉と悩み続けた挙げ句、小学校の時の自分を思い出した。過去にヒントがありそうな気がしたからだ。私は小学校1年生からイジメにあっていた。そのころから〈学校って本当にこんな辛いところなの？〉という大きな疑問をいだいていた。そして、それがまさに私の原体験だった。学校に行きたくないので、よく公園で寄り道をしていた。そして思っていたことがあった。

〈大きくなったら、もっと楽しい学校をつくりたいなぁ……〉

記憶を辿《たど》れば、それが私の原体験だった。そして改めて過去を思い出すと、既存の学校の在り方や画一的なものの教え方などに、さまざまな疑問が再燃してきた。学ぶ意味や、方向性を示してくれたのは自分自身の原体験だった。それから日本の教育に携わりたいと思ったけれど、大学2年生の時に「じつは学校がなくて、もっと困っている子どもがいるのは貧しい国、いわゆる発展途上国と呼ばれる国々」ということを授業で聞いて、私の興味は日本国内ではなく、途上国へと移っていった。そして、それがまさに夢を見つける最初の一歩になった。

誰にでも原体験というものはあると思う。ある日、ラジオを聞いていたら、ミュージシャン、「Superfly」のシンガー越智志帆《おちしほ》さんがゲストだった。彼女は、「小学校の時に全校生徒の前で歌を歌って褒められたことが歌や音楽に関わりたいと思った一番最初のきっかけだった」と語っていた。ファッションデザイナーの三宅一生《みやけいっせい》さんは、広島の原爆で見た悲惨な風景を忘れられず、だからこそ「きれいなものをつくりたいと思った」と、何かの記事で読んだことがある。

原体験を振り返る作業は、自分の素直な心にたどり着くために、とても必要なことだと思う。なぜならそれが、自分の心が感じたり経験したことの源だからだ。過去の自分が、じつは無意識に好きだったこと、惹かれた言葉、あのとき支えてくれた物事、そうしたことが今の自分を構成している。

そうしたピースを思い出し、手繰り寄せて、現在の自分を構成してきた要素を改めて眺めてみた時に、現在の自分では気が付かなくなってしまった本音や、本能的な欲求がちりばめられているはず。体裁や外からの評価を気にして出した決断は「継続」をとても困難にする。

「マザーハウス」という社名の由来になっている「マザー・テレサ」を私はとても尊敬している。けれど、彼女のように１００パーセント自分を犠牲にできるかと言われたら、私の答えは間違いなく「ノー」だった。その本心に向き合った時に、それでも残ったものが、いじめられていた小学校時代、お絵描きが自分を辛い状況から守ってくれた唯一の楽しさだったという事実と、学校という既存の概念に対する疑問の気持ちだった。それが今、マザーハウスという企業を通じてデザインをする楽しさと、先進国が貧しい国を搾《さく》取《しゅ》するという既存の関係性に対する疑問に移り変わっただけのことだった。

自分の心に逆らわない決断は、どんなに辛くても「これしかないじゃない」と、なんとか続けることを後押ししてくれる。そのヒントが原体験に隠されているんだと私は考える。

動くことは夢を見つけるチケット代

よく取材で行動力があるねぇって言われる。正直私は困ってしまう。〈そうかなぁ……〉。信じてほしいのだけれど、行動力があるなんて本気で心の底から思わないから、返事に困る。

どうしてそんなふうに言うんだろうと思って久しぶりに『裸でも生きる〜25歳女性起業家の号泣戦記〜』と『裸でも生きる2 Keep Walking私は歩き続ける』をちょっと読み返してみた（普段は絶対に読まない……）。

すると〈これ、ちょっと尋常じゃなくない⁈〉と、自分で自分にツッコミを入れたくなった。

2004年の4月、私は一人、催涙スプレーや防犯ブザーをぎっしり詰めたトランクと共に成田に向かった。行先は当時のアジア最貧国・バングラデシュ。滞在期間はとりあえず2年間。目的は、〈途上国の現実を知りたい〉だった。でも、その時の私は「行動力」をもった自分だったかというと真逆だった。成田空港のゲートで誰と別れるわけでもないのに、一人でワァワァと号泣していた。

なぜかって？　怖かったから。

〈生きて帰れるのかなぁ……〉とひたすら怖かった。誰も知り合いがいない中、空港からホテルまでは一体どうやって行けばいいのだろうとベンガル語の辞書をずっと眺めていた。

「じゃあなんで行くの？」と誰でも不思議に思うと思う。

告白すると、行きたいっていうより、行かなきゃいけないんじゃないの？と思うような感覚だった。使命感なんてすごいものでは全然ないけれど、何かにとりつかれているような感覚だった。

もしかしたら日本にいたって、途上国の現実を知るなんて目的、叶ったかもしれないし、別に2年間じゃなくてもよかったかもしれない。

でも、申し訳ないけれど、これだけは言葉ではうまく説明がつかない。何かに導かれて……と言ったら変に宗教っぽく聞こえちゃうかもしれないけれど、確かにそんな感覚は、この時から始まり、今でも時々ある。

それはもしかしたら誰かの声というよりは自分の声で、内的な声というか、人間が本来もっている本能的な感情の声なのかもしれない。その声にただ従って現場に行ったことで、私は「夢」を見つけた。


ダッカのアパート暮らしは孤独だった。

水道や電気といったインフラが十分じゃなかったし、インターネットなんて便利なものはなかったし、電話さえも賄賂《わいろ》を払わないと通じなかったから途中で嫌になって、まったく使っていなかった。

そんな中で外で起きているストライキやデモや、非常事態宣言を見ながら、〈ああー、この国ってやばいなぁ……〉と思っていた。

最初は、「かわいそう」「だから助けたい」っていう、すごく素直できれいな気持ちだった。でも現場に行ってみて〈ふざけてる〉と何度も思った。〈援助って全部が求める人たちのところに行っているわけじゃないんだ〉と、一市民として感じてから、私は国際機関で働くというそれまでの夢を方向転換して、援助よりももっと「腑に落ちる」ものがないだろうかと夢を探していた。

私の誕生日に200ヵ所で同時爆弾テロ事件が起きて、私はますます政治の世界が嫌いになった。

政治以外で……と考えた時に頭に出てきたのがビジネスの世界だった。でもビジネスの世界といっても幅広い。そう思った私は現地の某日本商社のダッカ事務所でインターンとして働かせてもらうことにした。それも所長宅をいきなり訪ね、「バイトさせてください！」といった形だった。最初は「犬の散歩をしてくれ」と言われたけれど、なんとかデータ入力の仕事を任されて、次第に工場を見る機会が増えていった。そして、その中で今マザーハウスが主力の素材にしている「ジュート」に出会った。

この一連の体験の中で、私は心から「動いてみること」の大切さを知った。すべては動いてみなかったら始まらなかった。動いてみて、はじめて知り得たことがたくさんあった。それはもしかしたら本や雑誌に書いてあったことと同じことだったかもしれない。

でも同じじゃないことも多かった。途上国が「かわいそう」という対象のままだったら、マザーハウスはできなかった。〈途上国でもできるんだ〉って思えたのは、動いてみた先にしか見つからなかった私の心からの主観だった。

私だって、動くことがひょいひょいできる性格じゃない。

冒頭に書いたみたいに足がすくんじゃうような性格。私も動くことには勇気がいることを知ってる。

だけど成田空港で最後に一歩、私の背中を押したのは、「現地に行ったら、夢が見つかるかもしれない」という希望だった。夢が見つからず何をやったらいいか、まったく見えてこない私にとって、それを見つけるためだったら出せる限りの勇気を出そうって思った。そして見つかった。だから動くことって、夢を見つけるためのチケット代みたいなものだと思っている。

思えば「動くこと」が次の答えを導いてくれた経験は、バングラデシュに行った時だけじゃない。私の中ではすべての「ピース」が動くことでつながっている。国際機関で実際に「援助」に関わりたいと大学4年生の時にワシントンに行けた経験がなければバングラデシュに行こうとは思えなかった。

ワシントンにある国際機関のインターン募集を見た時もすごく足がすくんだ。海外に長期間行った経験がなかった私は、英語もそこまでうまくないし、日本から数人しか行けない枠に入るなんて到底無理だと思った。でも一生懸命、求められてもいないのに自分が書いた論文100ページをがんばって英語に直して応募用紙と一緒に同封したりした。

面接は3回あった。とっても緊張したけれど、最終的に選んでもらった。

私は正直すごく驚いて「どうして私を選んだんですか？」と言ってしまった。すると、その国際機関の日本事務所の代表の人は「過去の経験が、あなたがどれだけこの分野に興味があるか語っているから」と話した。じつは大学2年から3年の1年間ちょっと、私は「開発コンサルタント」という仕事の会社でアルバイトをしていた。外務省からくるODA（政府開発援助）の案件を受注して現地のNGO（非政府組織）の人たちと連携を取りながらプロジェクトを回していく専門家集団だった。とてもエキサイティングで、さまざまな案件に関わらせていただいた。ひどい時は朝4時まで働いていたから、学生の私にはとてもきつかったけれど、援助って何、ODAって何、と思っていた私にとっては、すごく勉強になった1年だった。思えばこのコンサルタント会社も、アルバイトでもとても狭き門だったように思う。でも、とにかく面接に行ってみようと思った。

そんな国際機関や援助というものに興味を抱かせてくれたのは大学時代の竹中平蔵研究会だった。元大臣の竹中先生の研究会。学校に行けなくて困っている子どもがいるのは日本だけではなくて、むしろ発展途上国と呼ばれる国々。そんな事実を知れたことで次の一歩につながっていった。

こんなふうに一歩、一歩が、また次の一歩を呼び込んでくれているように私は感じている。

そして、呼び込んでくれているのは次の一歩だけじゃなくて、もうちょっと大きな自分だったり、もうちょっと強い自分だったりもする。

経験だけが、人間を強くしてくれる。

私はコンサルタント会社で働いている時、鳴っている電話を取らないといけない時があるのが本当に嫌だった。周りのスタッフの方たちは、もちろん英語がペラペラだけれど、大学3年生のビビリな私は、どうにかして電話機の音から、海外からか、国内なのか聞き分ける方法はないだろうかと思っていた。そうすれば海外からの電話だったらわざと忙しいフリをしたらいいと企んでいたのだ。

でもワシントンに数ヵ月行って、そんな悩みがふっとんだ。ラテンアメリカから来たボス、アジア系の人だらけの部署、アメリカ人だらけの部署、そんな人たちが、それぞれの英語でギャアギャア議論して、仕事も忙しかった。ビビっていられるほどの時間がなかったから、どうにかして伝えないと仕事が進まなかった。たまに社内電話で伝わらないと、直接担当者まで会いに行って身振り手振りも交えて強引に説明するしかなかった。

そんな経験があって、ちょっと度胸がついた自分に出会え、英語でビビっていた自分が、いつの間にか小さく見えるようになっていた。

行動することを躊躇《ちゅうちょ》しちゃう気持ちはとってもよくわかる。でも行動が自分にもたらしてくれるのは、何もその具体的なアクションだけじゃない。アクションした先で出会う人々、新しい世界観、新しい価値観、新しい悩み、葛藤、強さと経験、すべてが動いた代償として自分に与えられる。そう思うと、動く勇気なんて安いかな？　と思うときがある。

必要な悩み

ダッカについてからというもの、友達がまったくいない私は、いつも日記をつけていた。日記は本当に小さな時からつけていて、高校時代は柔道日記もつけていたくらいだから、ダッカに行っても続けていた。

その日記には「生まれてきた意味なんて何もない。死んだ方がましだ」なんて言葉もしょっちゅう出てきて、相当病んでいた（笑）。一冊のうちの半分くらいが涙でしわしわになっているのだから、もう二度とあのころに戻りたくない！　と思ってしまう。ダッカのアパートから通っていたバングラデシュBRAC大学院に行く途中のリキシャ（人力車）の上で〈私なんて、交通事故に遭っちゃえばいいのに……〉と何度も思っていた。それくらい悩みに悩んでいた。

「何がやりたいか、夢自体が見つかっていない」

そう思っている人たちの気持ち、私はすごくよくわかる。

でも今、私自身が思うのは、あの〝悩みの日々〟がなければ、夢はとってもチープで、とっても薄っぺらく、もしかしたら、ちょこっと挫折したら飛んで行ってしまったかもしれないなぁと。

これ以上ないほど悩んで、そして誰かの答えじゃなくて、自分自身が出した答えだからこそ、私には辛いときも「あの時、悩み続けて出した自分なりの答え」を歩いていることが、一つの大きな支えになっている。

悩んでいる過程で考えたことは本当にたくさんある。〈何のために生きるのかなぁ〉というのが一番大きな悩み事だったように思う。「社会のため」なんて大それたことは、もう私の頭にはなかった。それは問題があまりにも大きすぎて、あまりにも多様で、何が社会のためかなんて、ぐちゃぐちゃでわからなくなってしまったから。考えても「正しさ」とか「良さ」なんて絶対的なものは、この国には存在しないって思えた。正しさなんていつも曖昧《あいまい》で、情緒的で、ぼやけていて、移ろいやすい。

バングラデシュに住んで2年目の春、「社会のため」なんて言ったって、何が「社会のため」かわからないじゃないか、と思った私は「自分のため」に生きるんだと決めた。〈こんな苦労しないで、日本へ帰って普通の会社に入って、普通に暮らそう〉。そう思い、日本に一時帰国して就職活動をはじめた。周りのみんなと同じように黒いスーツを着て、バングラデシュの大学院に通っているなんておかしな履歴書を書いて面接を何社か受けた。

内定をもらった日のことを今でもよく覚えている。大きな会社のビルの中、私は〈ああ、これから長い年数、この廊下を歩くことになるのか……〉と漠然と思った。寮を紹介された。社食もあった。〈この社食で何百回とごはん食べるんだろうな……〉と思った。そして、電車で家に帰ろうと思った時、「せっかくだから飲み会に来てみたら？」とその会社の人に誘われ、飲み会に参加した。みんな、とてもいい人たちだった。和気あいあいとしていて、気を使ってくれて。バングラデシュから来たことを忘れてしまうくらい普通の日本だった。〈何千回と、こういう飲み会をするんだろうな〉と思った。

深夜の帰り道、〈それで私は幸せなのか〉とふと思った。すごく守られていて、何の心配もないように思えた。多少の悩みもハードルもあるだろうけれど、数年後の自分も想像しにくくはなかった。でも、なぜかぼんやりと〈それでいいのかなぁ〉と思いながら、私は再びバングラデシュに帰国した。

私の悩みは、日本に一時帰国したことで更に大きくなって私を包んでいた。道でも、トイレでも、レストランでも、ぼーっと悩んでいた。

そして、いつものようにリキシャで向かう大学院。いつものように見るスラム街。いつものように、はいつくばって水を売りに来る手足がない少年。〈ああ、私って恵まれているなぁ。だってこの子、他の会社で働けないし。っていうか、着る服も食べるものもろくにないんだろうなぁ……〉。そう思った瞬間、悩んでいることが、ものすごい贅沢なことだと思えた。

そして、〈誰かのためにとか、社会のためにとか、そんな大きなきれいな話じゃなくて、すごく恵まれている日本人の自分なんだから、せめてやりたいことをやろう。不安とか葛藤とか、いろいろあるけれど、この子たちは頑張りたくても頑張れないし、やりたいことなんてやれないから〉。手足がなくても生きている人たちを目の前に、なんというか、恥ずかしくない選択をしようと思ったのだった。

それが私自身の出した一つの価値観だった。だから、私の背中を押してくれたのは、スラム街に住む少年だった。今でもすごく感謝している。彼の水を売っている姿がなかったら、今のマザーハウスはなかったって心から思うし、「あなたも生まれてきた人生、まっとうしているんだから、私も自分の人生をまっとうするよ」っていう、すごくシンプルで潔い、心の中の約束事ができた。

思考錯誤の試行錯誤

その後も、「途上国から世界に通用するブランドをつくる」というマザーハウスの理念やビジネスのあり方を見つけるまでに、頭が割れそうになるくらい悩んでいた。

ここで告白すると、じつはマザーハウスを起業しようと決める1年くらい前に、私はバングラデシュでNPO法人をつくっていた。その活動の内容はバングラデシュ人で大卒以上の高学歴を持ち、働きたいと思っている人と、バングラデシュに進出している日本企業で優秀なバングラデシュ人を探している会社をマッチングするNPOだった。

私が通っていた大学院のクラスメイトのほとんどが、すごく優秀なのに仕事が見つからず、毎日遅くまでコンピューター室で職探しをしていたからだった。そして彼らに決まって言われる台詞《せりふ》があった。

「エリコ、日本に連れて行ってくれないか？」

日本に行けば仕事があると思っていたのだった。当時のバングラデシュは、優秀でお金がある若い人が海外で就職して、帰ってこないことが社会的な問題になっていた。どうにかしてあげたいと思ったのだった。

結論としては、そのビジネスはうまくいかなかった。現地の新聞に２０００円くらいで求人募集をしたら、２００人くらい簡単に集まるという現実を、あとで知ったという悲しい結末に終わった。

そして次にトライしたのが「バングラデシュで、そこまでお金持ちではない中流階級の人や貧しい人たち向けに写真を撮ってあげて、それを一枚１００円くらいで販売する」というビジネスだった。デジカメで街を撮っていると、決まって周りの人がジロジロと見にきて「私も！」「僕も一緒に撮りたい！」と言われるのが、考えたきっかけだった。最終的に、いいカメラを買ったのだが、それで街をうろうろしているとカメラ強盗に遭いそうになり断念した（笑）。

次は休暇も兼ねて行ったインドネシアで。パジャマ工場を訪れたとき、日本に向けて輸出できないかと模索し、事実日本の下町でワゴン販売をしていたこともあった。しかし、まったく売れなかった苦い経験もある。

ジュートと出会った後に、現地のジュート工場で現地スタッフとして働くことはできないかと思った時もあった。そんな時期に工場でストライキが起き、大変なことになっていたので、心の弱い私は断念したのだが……。

そんな風に、スパッと決められたらよかったのだが、私はああでもない、こうでもないと、じつはいろいろと回り道をしていた。どれも中途半端なプランだが、とにかく実際にやってみた。「やってみなきゃわからない！」という言葉どおり動いて、感じて、失敗して、何がだめだったか自分なりに学んで、ようやく「マザーハウス」と出会うことができた。そして、いま思うと、「マザーハウス」については、考え抜いた先の理念と、心から湧き上がる何かが、これまでの試行錯誤とは決定的にレベルが違っていた。でも最初からそこに到達できたか、と言われたらそれは違う。経験が教えてくれたことが導いてくれた答えだから。

だから改めて思う。悩んだり、試行錯誤するのは夢を見つけるのに必要で大事なプロセスなんだって。

「なんでなんで？」


夢ややりたいことを見つける中で、もう一つ、とっても大事にしてきたことがある。それは「なんでなんで？」って、いま目の前で起きていることに対して疑問を持ったり、本当にそれが正しいのかと疑う気持ち。

最初、バングラデシュに行った動機の一つは「援助って本当に届いているの？」っていう誰もが一度は疑問に思っていることだった。起業してみて、思ったよりたくさんの人に言われたことがある。

「じつは私も何となくコンビニで募金箱にお金を入れることはあるんだけれど、同じように本当にどこまで必要な人に届いているのかなぁって思ってはいたんです」と。

「届いているの？」と思ったのは私だけじゃなかったんだ、と思った。ただ、現実にそれを確かめようとすることは、ものすごい体力がいるし、いろいろな意味でコストがかかる。

しかし、私はポリシーとして、疑問に思ったことは自分の目で見て確かめようと、つねに思っている。もちろんそれがすべてじゃないが、本当に自分の人生や価値観に関わる部分については徹底して確かめたいと思っている。そうじゃないと、それを前提にした意思決定が、誰かにだまされて、勝手につくられちゃうかもしれない。最終的にうまくいかなかったとき、じゃあ誰を責めるんだろう。結局、後悔するのは現実を見ていなかった自分自身になってしまう。努力の先にそんな結末だったら人生もったいない。

私はバングラデシュに行ってみて、援助ってかなりの部分は届いていないんだっていう事実を〝主観的に〟知った。それが〝ビジネスの世界はどうなっているんだろう？〟っていう疑問や好奇心につながった。そして、次のアクションは「いろいろな工場を見てみよう」ということだった。援助の疑問と同じように、ビジネスの世界も自分の足で確かめたいと思った。

ガシャンガシャンと織機《おりき》の音が耳に響く大きな工場。数千人が働いている工場もいくつもある。けれど、そこにいたのは、うつむいて、機械の代替《だいたい》として働く人間だった。10代前半の子たちもたくさんいた。トイレはあればいい方だが、あっても男女分かれている工場はほぼ皆無だった。気温40度くらいある猛暑の中、1ドル程度の安価な商品が、大量生産され毎日コンテナに積まれていた。先進国から来たバイヤーは「中国より安くつくる」、それが至上命題だったから「安く！　早く！」を繰り返す。

私は〈どうして安くなきゃいけないの。もっといいものつくれるんじゃない？〉と1ドルもしないボロボロの製品を見て思ったのだった。

これもいま思えば「現状に対する素直な疑問」だった。

私が感じたこの気持ちは、これまで何人もバングラデシュにバイヤーが訪れているけれど、その誰もが持っていない感覚だった。なぜなら、バイヤーたちにとって、そもそもバングラデシュ、イコール途上国というものは、安いものをつくれる生産拠点だったから。その図式に疑問を感じた私は〈じつは途上国が安いものしかできないって決めつけているのは、このバイヤーたちなんだ〉と、タバコを吸いうろうろしているアメリカ人を見ながら、提携工場の隅っこで思ったわけだった。

疑問に思ったことは確認してみなきゃいけない。それから少しずつ工場で働く人たちと話をしながら確認作業に入った。

「もう少しいいものつくれない？」「もうちょっとかわいくしたいね」「働いていて楽しい？」。そんな日常会話から私の頭に膨らんでいったのが「最高にかわいいMade in Bangladeshのバッグ」だった。もちろん最初にできたバッグは、〈あぁ、やっぱり……〉と思わざるを得ないものだった。でも〈もうちょっと、できるんじゃないか〉という気持ちを持ち続けて、この確認作業は、現在も続いている。もっとできる、もっとできると毎シーズン思いながら進んでいる。

世界は前提条件とか常識とか当たり前という言葉に溢れている。24時間の中でも無数の「どうして？」という出来事に、私たちは気づかずとも遭遇している。私は小さいころから「どうして？　どうして？」という子どもだった。なぜなら小学校の時イジメられていて、学校に行けなくて、〈どうして学校なんてあるの？　どうしてこんな辛いことをされるの？〉と毎日思っていたから。

子どもの気持ちにはすごく本質的なものばかりが詰まっていると私は思っている。「なんで？　なんで？」ってよく子どもは口にする。それは大人になると次第に「そういうものだから」っていう言葉に変わっていってしまう。でも「なんで」には、じつは新しい価値観だったり、イノベーションの種がぎっしり隠されていることが多い。

既存の概念ややり方、価値観に疑問を持ち、そして、それを自分の足で確かめてみること。その姿勢が自然と道がないところに道をつくっていくのだと思う。

主観力

疑問に思ったことを見たり、感じたりすることで、確かめる作業は徐々に「自分の意見」を持つことにつながっていくように思う。

私はビジネスの世界を見たくて大規模工場を訪れて、大量生産っていうものが生み出している構造を垣間見た。こうやって先進国は途上国を生産拠点にして、安いモノをより安くつくっている。でもその背景では安い人件費をより安く、安い原材料をより買い叩くことで、それが実現されているんだと知った。そして、次に私は「フェアトレード」って呼ばれるものが、その反対側に存在するんだと知った。バングラデシュはNGO大国と呼ばれているくらい、たくさんのNGOやボランティアの人たちがいる。その活動は素晴らしく、毎日汗をかいて、どうにか途上国のためにと頑張っている人たちを何人も見てきた。

フェアトレードの商品を見てみたいと思って現地の生産者を見て回った。規模は小さくても、意味があるものを大事につくっているんだろうなぁと思いながら、電話帳でフェアトレードの団体を探しては会いに行った。

「こんにちは。つくっている商品を見せてくれませんか？」

「もちろんいいですよ」

優しそうなベンガル人の女性たちが見せてくれたのは、巾着《きんちゃく》だったり、キーホルダーだったり、ぬいぐるみだったり。

「うーん……」

素直に欲しいなと思ったものは一つもなかった。

「これいくらですか？」

「500TK《タカ》（約800円）」

「うーん……」

800円が高いわけじゃないけれど、何かピンとこなかったのは、じゃあお客さんとして、この商品に800円払いたいかと思うとなんだか違う気がした。縫製は頑張ってやっているんだろうけれど、やっぱり雑で、もう少し良くなればいいのにと素直に思った。

現地の素材をアレンジしたような洋服は、一度洗うと色が落ちた。キーホルダーは少し引っ張ると金具が取れてしまった。

買うことを少し躊躇《ためら》っていると「You are Japanese!」と笑顔で言われた。日本人だから一つくらい買えるでしょう、というスタンスに、さらに「うーん……」とうなってしまった。

私の感覚は至って普通の消費者の感覚だと思う。

そんな私が「うーん」となるんだから、きっと私以外でも、そう思う人は少なからずいるように思った。

でも、きっとほとんどの人が、「現地の人がつくっているから仕方ない」とか、「援助の一つとして、お買いものをすることで支えてあげたい」と思うことで、「フェアトレード」という名前がつけられて、何年も同じような製品がつくられ続けているように感じた。

〈もう少しいいモノはつくれないのかな〉と再び疑問に思って、工場も見せてもらった。そこには、足踏みミシンがあって、生地の切れ端の山があった。数人の女性たちがなごやかな雰囲気で楽しそうにつくっていた。

そして、それを「生産者の自立」というキーワードで支えている現地のボランティアやNGO組織がいた。その商品を「支える」気持ちで買う先進国の消費者がいた。それは、ある意味成り立っていた。けれど、直感的に強く感じたのは、その構図には「消費者の満足」っていう、すごく大事な視点が欠如していることだった。

〈もっとかわいかったら、もっといい商品だったら、もっといいのに〉っていう素直で単純な気持ちを私はもった。

現地の大規模工場を歩いたり、フェアトレード商品を見せてもらったりしながら、私は少しずつ自分なりの考えを育てているように感じた。そこでは他人の意見だとか、これまでそうだった、という歴史的な背景とかは関係なく、自分がどう思ったか、というのをベースにしていた。

もちろんそれらには何の客観性もなかった。ただ〝主観〟として感じたことを素直に日記などにまとめていた。フェアトレードの商品だって、ざっくりとした手づくりの感じが「かわいい」と思う人も、きっとたくさんいるはず。でも「私は」そう感じなかった。それだけのこと。

頭の中なんて空っぽだった。でもとにかく行ってみて、見てみて、感じてみた。それが夢を見つけるために私がしたすべてのことだった。

そして、そうした現場の感覚から一つのもっと大きな主観を持つようになった。

「途上国の人たちは、安いモノしかつくれないわけじゃない。かわいそうだから買ってあげる商品しかつくれないわけじゃない。本当に〝かわいいな、かっこいいな〟って思えるような商品だって、きっとつくれるんじゃないかなぁ」

これがマザーハウスを立ち上げようと思った一番大きな〝主観〟だった。このことは、誰もやっている人がいなかったし、見たり聞いたりしたわけじゃない。ただ本能的に、感覚的に、〈できるんじゃないかなぁ〉と思った。それは、目に見えないものだからとても曖昧だったし、100パーセントできるっていう強い気持ちだったわけじゃない。

「情熱大陸」という番組の中で「どうしてそこまでやるんですか？」っていうプロデューサーさんの質問は、事前に聞いていたものでもなんでもなかった。突然、車の中でそう聞かれたので、少し沈黙してしまった。その次に25歳だった自分が出した言葉は「できると思うんですよねぇ」っていう台詞だった。

この言葉、ものすごく当時の私自身を表現していると思っている。それは「100パーセント確信があるから」っていう強いものとは違う。でも可能性は50パーセントで「一か八か賭けてみる」っていうニュアンスともやっぱり違う。

それは「私は途上国の人たちができるって信じていて、それを証明したい気持ちはすごくあるけれど、できるかどうか、自信や確信があるわけじゃない」っていうニュアンスだった。

今も、それが１００パーセント確信に変わるなんてことはまったくあり得ない。とても曖昧で、とても複雑な気持ちでいるし、確信よりも不安や恐怖がある。進めば進むほどに恐怖心も不安も増していく。だから、いつまでたっても堂々と「できると思う」なんて私には言えない。

でも逆説的だけれど、曖昧な「できると思うんですよねぇ」だったからこそ、動いてみようと思った。１００パーセントの確信がそこにあったら、もしかしたら動かなかったように思う。

大事なのは「本能的に、直感的に、感じた気持ち」。ちゃんと分析できているわけじゃないし、言葉ではうまく具体的に言えないけれど、動物的に、と言ったほうがいいかもしれない。私はそうした直感みたいなものを人より多く持っているような気がする。

「なんとなくそう思う」という場面はこれまでもたくさんある。そして主観というものも、ある意味直感的なものからスタートしているような気もする。心が感じることを、頭が感じることより大事にするというか、心が感じることに頭でフィルターをかけない感覚が私は重要だと思う。

日本に帰るとものすごく頭が発達している人たちが多いなぁと思う。でも心が停止状態なのに、どんどん頭に情報を入れていくから、なんだかとても機械のようになっているように見える。

そして、どんどん頭に入るもののほとんどが「ただの情報」だと思う。誰かが言っていた、本に書いてあった、ネットにこんな情報があった、そういったことは誰かの意見を自分なりに翻訳しているにすぎないし、しかもその誰かもまた、誰かの意見でしかないから、細い糸電話みたいになって結局「心」が通わなくなってしまう。

そして怖いのは、自分が気付かないうちに、その「誰かの意見」を自分の意見のように言葉で発するにつれて、次第に「誰かの意見」の代弁者に自分自身がなってしまい、それがやがて「主観がもてない」自分自身になってしまうこと。

グルメ情報検索サイトのトップランキングを見て、「あそこのレストランすごくおいしいんだよ！」と人前で言っている人。「いつ行ったの？」「まだ行ったことないんだけれど」という感じ。「そう言うから行ってみたよ。でもすごくまずかった！」なんて言われた日には、どう責任を取れるだろう！　最終的に、そこには何の信用も信頼関係も生まれない。このたとえは縮小版だけれど、人生にたとえると、すごく大事なエッセンスがある。

客観的な意見に人はついていくんじゃない。正しいかどうかわからなくても、そして、おかしくて未完成であっても、とびきり強い主観に人は引かれ、人が集まる。

本当にお世話になっていて、毎月一度は必ず私のくだらない愚痴を聞いて、心から相談にのってくれる遠藤功先生という人がいる。遠藤先生は早稲田大学のＭＢＡのコースで社会人の学生たちに教えている。起業当初、その授業に呼ばれた時に先生が言っていた。

「ＭＢＡのビジネスプランでマザーハウスのビジネスをプレゼンテーションしたら、１００人いたら全員が無理だっていう。ＭＢＡでできないことの理由付けをする分析家ばかりが増えてしまっては絶対にだめだ。客観的な分析ではできないことも、強い主観があればそれを打ち負かす」

そして、本当に大事なのはパッションだって先生は言った。私は客観的な分析ができていないし、あまりにも業界に対して無知で、足りないことばかりが気になって仕方がなかったけれど、先生の話を聞いて、少し安心したし、私が５年間経営をしてみて思うこともやはり同じで、最後の最後は客観的でロジカルな根拠からではなくて、動く理由は、見たり聞いたり感じたことから成り立つ「自分自身の意見」だった。

夢をスケッチブックに描く

大人になってからスケッチブックに何かを描いた人は少ないかもしれない。私にとってスケッチブックは、ずっと昔からの必需品。子どものころから、お絵描きに使っていた。けれど大人になってからも、それは〝主観〟の山で埋めつくされている。

「マザーハウス」という自分のやりたいことが決まった時、私はスケッチブックを手に取った。そして、そこに「途上国から世界に通用するようなブランドをつくる」って描いた。その次に描いたことは、これが途上国製なの？っていう驚きを生み出すような、そんないいものをつくりたい、ということだった。その驚きが重なって、途上国のイメージが変わっていくのだと、世界地図と共に描いていた。それからページをめくると、「将来は自分のお店を持つ」と描いた。次には「将来は自分の工場を持つ」と描いた。そして「日本だけじゃなくて、世界中の先進国に発信するんだ」などなど、たくさんの夢が描かれていった。また違うページには、もしウェブサイトをつくったら、こんな写真と、こんなキャッチコピーと……、というイメージまで描いた。いま思えば落書きのようだけれど、しっかりと夢は描かれていた。後半部分は、ほとんどロゴマークをどういうものにしようかと、いろいろな文字で「Motherhouse」と描かれている。

私が描いたのは誰が見たって「夢」の羅列だったかもしれない。けれど、当時の私にとっては、とても「具体的なアクション」だった。

バングラデシュのダッカのボナニという地区にある赤レンガの古いアパートの4階の一室で一人私は、スタンドライトをつけて古物市場みたいなところで買ってきた木の机にスケッチブックを置き、毎日毎日、誰に相談するわけでもなく、自分の頭に浮かんだイメージを言葉にしていった。

――隣にとても有名なハイブランドが並んでいて、いつの日かそれと肩を並べるように、メイドイン途上国のお店がある――

そんな妄想に、一人ワクワクしながら、マザーハウスの骨組みを考えていった。そのころ日本でフェアトレードがどれくらいウケているのか、また、ITバブルがはじけて、「社会のために働く」ことが、若い世代を中心に支持されている価値観になっていることなど、まったく知らなかった。

さらに書いていく中で、「これできるかな?」というクエスチョンマークは一切なかった。

一つ、また一つと途上国から本当の意味でのブランドをつくるために、本気で必要だと思うことをただただ描いていったのだった。

起業してから少し経ったころ、「事業計画書」という固い言葉が存在することを知った。エクセルを使い計画を落とし込む。そこには目標とする数字や予算や資本金などもびっしり書かれている。私の「夢のスケッチブック」

とはほど遠いものだった。

「事業計画書」を見て、大きな夢や広がる世界を感じることは、私にはできなかった。数字で表せる限りのことが、現実味溢れる内容で書かれているのが事業計画書だ。それは現実的であればあるほど、そして正確であればあるほど、良いモノとして受け止められる。けれど、銀行との交渉でそれが必要でも、何かをまずはじめようと思う時に必要なのは、現実的なエクセルよりも「夢のスケッチブック」なんじゃないかなと思う。

「これをやりたい！」と一歩踏み出す時に大事なのは、説得力よりも、飛躍してようがどうだろうが、情熱からくる狂気じみた妄想と、それを叶えたいと思う素直でピュアな気持ちなのだと思う。

だからみんなも、「夢のスケッチブック」を、だまされたと思って、描いてみてほしい。自由な発想で、誰からもどこからも制約なんて受けずに。そして自分自身の可能性にも制約を設けずに。

比較対象は誰？

いざ物事を「決める」時、人間は意識してもしていなくても、自分が持っているこれまでの情報や経験を元に、AかBか決断する。それは大きな決断でなくても日々繰り返される意思決定のベースにあるのは、つねに自分が持っている、これまで見てきたものに限られている。だからこそ、AとBを比べようと思うとき、Aという決定をしたとしても、Bという比較対象をどこに置くかというのは、Aを決めるにあたっても非常に重要な問題になる。「隣の芝生は青くみえる」という言葉があるけれど、その「隣」は一体誰なのか、ということについて私なりの考えを書こうと思う。

2011年、バングラデシュから少し離れた国、スリランカに休暇も兼ねて行った。内戦が続いていて途上国の分類に入る国だけれど、着いた瞬間、

〈天国だ〜‼〉と思った。道はきれいだし、自然もいっぱい‼

「ああ、すばらしすぎる……。幸せでいっぱいだ」

私は心底うれしかった。そんな話をすると、「スリランカで天国だと思えるって、エリコは幸せだね」と現地の人にまで言われてしまった。

「？？？」

最初は言っている意味がわからなかったが、結構この短いやり取りは、本質的なことかもしれないと後から思った。幸せだとか、うれしいとか、恵まれているとか、人間はつねに何かと比較して物事を捉えている。

私の場合、23歳、24歳という価値観が形成されやすい年齢をアジア最貧国で生きてきたので、その価値観がすでにバングラデシュモードでセットされているんだと思う。バングラデシュの電車は駅で止まってくれないので、飛び乗って後からお金を払う。車内は人がいっぱい。少し運賃が安い、危険で日差しが強い電車の屋上に上る人もいる。バングラデシュの水道水は汚いののもでミネラルウォーターを買う。たまにペットボトルのフタがあいた状態のものがお店で売られている。〈ああ、また空いている〉と思いながらも外から見て透明ならば飲んでしまうことが多い（笑）。

バングラデシュの道は整備されていないのでデコボコだ。でもそのデコボコ感が私を心地よい眠りに誘う。CNG（小型3輪タクシー）に乗りながらデコボコで頭を天井にぶつけながらもつねに爆睡してしまう私。

そんな生活をしてきたので、私はきれいな道であればそれだけで素晴らしいと思うし、きれいな水は、それだけでうれしくなる。

でも、たとえば私が日本という国しか知らず見てこなかったらもちろん、ジャパニーズ・スタンダードが判断基準。中国や香港に行っただけでも「どこか汚い」と感じるのだ。

これは、なんにでも言えることだと思う。たとえば工場スタッフの技術について考えるとき。日本から来た職人は日本のスタンダードですべてを決める。だから「まるでなっていない」と言う。でも私は、バングラデシュの他の工場の工員と比較して、自社工場マトリゴール（現地の言葉で〝マザーハウス〟）のみんなは〈なんて頑張り屋さんなんだろう！〉と思う。

日本のスタンダードを持ち続けて、それを一方的に押し付け真似させるという姿勢だったら、絶対に今のマトリゴール工場はできていない。

「日本の女性は本当の意味で社会進出できていなくて、とても残念に思う」とあるセミナーで話していた方がいた。私はバングラデシュというイスラム社会特有の男尊女卑の世界で暮らしてきたので「ええ⁈」と思ってしまった。しかし、その彼女の台詞の背景にあったのは、欧米などで見てきた世界と〝比べて〟なんだと思う。私の見てきた世界とは違う価値観がそこにある。面白いことに、比較対象を変えるだけで、新しい世界ができる。

私は「経営者」という立場の一方で、「デザイナー」としても仕事をしている。その中で、当初はバングラデシュにないものばかりが目につき、そこに苛立《いらだ》ちや憤りを覚え、なかなか思うようなデザインができなかった。けれど、比較対象を日本や先進国にあるバッグではなく、これまで自分がつくってきた「前のシーズンのバッグ」とした時から、バングラデシュにあるものばかりが目につくようになった。〈ない、ない、ばかりじゃない。この国にもたくさんのものが溢れている。素材の宝庫だ〉とまで思えたことは、ちょっとした比較対象の変更から生まれた。

そんなプロセスが、私が異国の地で見つけ出した自分なりのやり方だ。

最後に、自分自身について。自分を評価する時も、他人と比べてどうだって言ったら、その他人次第で自己評価が変わってしまう。なんとも苦しい状況だと思う。

仕事柄テレビに出るような人とお会いする機会が多いけれど、〈ああ、この人めちゃくちゃきれい〜！　私でも好きになりそうだ〜〉と思う女性の方が何人もいる。でも、不思議なのは、そういう人たちには、もっときれいな人や女優さんなどと自分を比べて、「自分はだめだ……」と思っている人が意外に多く、魅力的に見える人ほど、そう言うのだ。

そんな気持ちを背負って生きていったら、とても辛いし、何よりそんな美人さんに生んでもらったことに、感謝して生きた方が数倍、数十倍人生は楽しいと思うのに。〈ああ〜、人間って、ほんとうに誰と比べるかで気持ちが変わっちゃうなぁ〉とつくづく思う。

他人との比較だと、いつの間にか自分自身のよさも、信念や哲学もあやふやになってしまい、ブレてしまう自分が生まれる。そこに「自分思考」は存在しない。でも過去の自分が、今の自分を評価したら、前より少しでも前進した自分をほめてあげたくなるし、純粋に未来の自分は、今よりも一歩でも前に進みたいと思えるようになるのではと思っている。

自分を評価できるのは、自分自身だけなんだ。他人から見える自分は、ほんの一部で、一番近い恋人や家族さえも自分を理解している部分は、もちろん他人だから100パーセントにはどうしたってなれない。

大事なのは「自分」を持つこと。人の意見をたくさん聞きながらも最終的に判断する「自分」という個を持ち続けること。そして、その個は読書やネットサーフィンをしてもつくられない。自分の頭と心の中に存在するもので、その声に耳を傾けたり、心の本能的な叫びに素直に従うことで、自分思考の回路はつくられていくものだと思っている。

だからこそ、やりたいことを見つけた時に、それが周りからどう思われるか、社会からどう評価されるか、そんなことを気にしたら、どんな決断もできない。なぜならAを選んでもBを選んでも批判はある。そして、結局自分の人生のすべての責任は自分が負う。

原体験を振り返り、現状に疑問を持ち、とことん悩みながら、アクションを通して試行錯誤し、主観をつくり上げ、それで最後に主観の中から出てきた自分の役割を決める。もちろん先輩たちからのアドバイスも、家族の意見も、友人の助言も最高に大事だと思う。けれど、自分のレイヤーと他人のレイヤーを異なるところに位置させた方がブレない自分を形成できると思う。心の奥底にある自分のレイヤーで、最後は意思決定をすることが「覚悟」を生み、しんどい状況でもなんとか踏ん張る力をくれるように思う。

「問題設定ができた時点で8割の課題は終わっています」

これは、竹中平蔵先生の言葉だ。ものすごい量で、高い質の論文を書くのに必死だった私たち学生に向かって先生が言った言葉だった。これはもしかしたら、論文以外にも当てはまるのではと、いま私は思っている。「これをやりたい！」と思えた時点で心の準備は8割終わっているのかもしれない。私も「マザーハウスやるんだ！」と決めたとき、急に心が曇り空から晴天になったような気持ちだった。〈ああ、私はこれを見つけるために、ここに来たんだ！〉と思えるほど言葉では表現できない達成感みたいなものがあった。

みなさんの中にも、まさにやりたいことを見つける作業の真っ最中の人もいると思う。いまは暗闇の長いトンネルの中かもしれない。けれど、竹中先生の言うとおり、思考のトンネルを抜けた時、8割の課題は終わっている。そして、広い空が広がっているはず。

第二章

一歩踏み出してみる

0を1にする経験

前章では「やりたいことをみつける」過程で私が経験してきたこと、思ってきたことを書いた。でも「みつけた」だけでは物事は何もはじまらない。「やりたいことはあっても、やれていない」人は、「やりたいことがみつかっていない」人の数と同じくらいいるように思う。

私はとりわけ怖がりで心配性。飛行機に乗るときは2時間以上の余裕があるくらいじゃないと不安なのだ。それに、一人で知らない海外の地に行くのもすごく勇気がいるし、それだけで緊張してしまう。たとえば飛行機だって、数年前まで「飛行機が落ちませんように」って、機内でずっとお祈りしていた。乱気流があるたびに汗だくになって、到着すると1キロくらい体重が減っているという感じだった。果敢《かかん》に行動するタイプだと勘違いされているけれど、私はかなりのインドア派。休日は家にいて、一人でいるのが大好き。そんな私なので、一歩何かに向かって踏み出すっていうことは、とても勇気がいることで、いざ実行しようと思っても簡単にはできるはずがないことも知っている。

はじめてバングラデシュで160個のバッグをつくり、それを持って帰国したときに気が付いた。「あ、会社つくらなきゃいけない」。でも会社を0《ゼロ》から興すなんて、イメージできなかった。書店に行き、「会社のつくり方」といった内容の本を何冊か買ってきた。わからないところは市役所に行って聞いてみた。銀行に行って会社の口座を開こうと思ったら、代表取締役の印鑑がいると言われた。「あぁ、実印がまず必要なんだ」と、そのとき気が付いて、はんこ屋さんに走った。そんなふうに、私はフラフラ、よちよちな一歩を踏み出していった。

正直に言うと、当時の私は、会社を数億円規模の売り上げにするなんて、思ってもいなかった。店舗を構える夢はもちろんあったけれど、もしだめでも、「インターネットの通信販売で１ヵ月に数個でも売れたらいいなぁ、それに意味があるし別にいいじゃないか」、なんて思っていた。自信なんてこれっぽっちもなかった。

退路を断ち、覚悟する

私は、よちよち歩きの中で知ったことがある。「一歩でも半歩でも踏み出してみること」と、「その場に立ち止まって考えている」のとでは、雲泥《うんでい》の差なんだということ。「生みの苦しみ」という経験は、後になって、じわじわ効いてくる。半歩でもいいから踏み出せば、道がなかった場所に道をつくりはじめたという僅《わず》かな自信がつく。

大事なことがもう一つある。それは、「退路を断つこと」。そこで、自然と覚悟と強さが宿ってくる。他に選択肢のない人と、失敗しても違う道がある人の顔つきはまったく違うし、言葉の重さも変わってくる。そうすると、その人の描く夢に賛同しようと思う人の数も自然と変わってくる。退路を断つのは、本当に勇気がいる。

だけど、0をIにできた人間にしか見えない景色がある。そこまでの道は荒野で、でこぼこ道だけれど、先頭を歩いたからこそ、広がる地平線の広さを身体で感じられる。私は先頭を歩くタイプでもないし、誰かについていく方がよっぽど好きなタイプではあるけれど、この景色を一度見てしまったら、他の誰かが通ってきた道に対する興味や関心がすっかり薄れ、この景色を見続けたいと思うようになった。その荒野には、何もないからこそ、逆に言うと何だってありだと思う。どこにどうやって道を引こうか、その道の幅はどうしようか、道の横には花を植えていこうか、緑は決して減らさないように……そんなふうに、すべてをデザインできる喜びがある。0をIにすることは、勇気も覚悟も必要だけれど、だからこそ感じられる喜びが待っている。

一歩踏み出すことの魅力

私の場合、一歩踏み出すことに対して周りの人たちの反応は、夢が大きければ大きいほど冷ややかだった。何か人と違った行動を起こすことに対して、日本人の多くは、とてもネガティブな見方をすることを経験から知った。

私が「バングラデシュでバッグをつくって日本で売る」と言った時、ほとんどの人が反対した。そして、「そんなの無理だ」「馬鹿じゃないか」「できるわけないじゃないか」「そんな個人商店やって、一体どんな意味があるんだ」「こんなの売れるわけないだろう」などなど。あまりに言い方がひどいので、自然と涙目になってしまったりしたときもある。

今でも覚えている。同じような業種の人たちとの集まりで、私は大勢の前で散々笑いものにされてしまったことがある。ファッション業界のことなどまったく知らないし、若くて無知。私にあるのは「想い」だけだった。帰りの電車の中で、サンプルのバッグを抱えながら涙が止まらなかった。本当に悔しかった。でも、その悔しさは、他人の目を気にして悔しいわけじゃなかった。自分が大切にしている何かに対して、自分がそれを守るほど成長できていない、自分に対して悔しいという思いだった。もっと大切にしたいという思いだった。

マザーハウスを立ち上げた当時、ひどく傷ついても、けっして踏み出した一歩を引き返すことをしなかった。その理由は、「自分が決めたこと」だから、自分をとことん信じた。自分の中で大事だと思う部分は、他人の評価を気にしない。それが自分自身の軸がブレない理由だ。マザーハウスという企業を立ち上げようと、一歩踏み出そうと思ったときも、それによって他人が私をどう見るかってことは、頭の中にまったくなかった。

私が他人の目を気にしなくなったのは、バングラデシュで必死に生きるリキシャ引きの少年だったり、水を売る子たちだったり、川で洗濯をする元気なお母さんたちと出合ったからだ。バングラデシュの2年間、生活のすぐ隣に彼らがいたから私は変われたように思う。柔道をやっていたり、大学にいたころは、ひたすら他人と比べて自分はどうか、ということしか頭になかった。とくに柔道なんてものすごく明確で、一番上に立たなければ意味がないと思っていた。ただ、与えられた環境を受け入れて、それでも堂々と生きているバングラデシュの人たちをずっと見てきて、私は他人と比べることの無意味さを痛感していった。

バングラデシュに、ショナルガオンホテルという五つ星のホテルがある。そこでは、お金持ちたちが贅沢なステイをしているけれど、その目は活き活きとしていない。そのすぐ脇にスラム街が広がり、走り回る子たちがいる。その子たちに「夢は何？」と聞くと、医者になる、パイロットになる、と果てしない夢がどんどん口から出てくる。その目はきらきら輝いている。

確かに彼らの夢は叶えることは難しいかもしれない。けれど、そんな世界を見て、私は徐々に金銭的な価値や社会的な名誉より、夢を心に描き、夢見た世界に向けて一歩踏み出すことのほうが、はるかにワクワクするし、素敵だということに気づいた。

その価値観は、強く自分の心にしみつき、今の自分を形成してくれている。私にとってバングラデシュは、人生を教えてくれた「学校」だ。自分自身を成長させてくれたし、自分自身の人間としての幅を広げてくれた、さまざまな価値観や多様性を見せつけてくれた学校。とても感謝している。

自分の役割

これまで短い人生の中で到底分かるはずもない問いかけを私はいつもしている。それは「生きる意味って何だろう」ってことだ。私の小さな工場の変化も、生きる意味を私にくれる。ただ、もっと大きな世界観で見た時に、私にとっての「生きる意味」は、自分自身の役割をまっとうすることだという感覚が強い。

人間は誰だって、どんなに小さくても、どんなに大きくても、何かしらの役割をもって、この世に生まれてきたんだという哲学を私はなぜか小さなころから持っている。大学時代、私の周りには優秀すぎる人たちばかりだった。ものすごいコンプレックスから、授業で発言することは勇気がいることだった。〈どうしてこの世の中は、こんなにも不公平なんだ〉と思えるくらい、同じ年齢とは思えない、手が届かない人たちばかりだった。

そんな同級生たちは、大企業に就職したり、あるいはアメリカに留学を決めたり、すばらしい未来への道のりを順調に歩いていた。

私は、最初はみんなと同じように就職活動をしていた。「国際協力」や「国際関係」に興味がある人ならだれでも受けてみる「ＪＩＣＡ国際協力機構」にも応募してみた。しかし、あっさりと一次試験で落ちてしまった。その他にも、商社や小売の企業を受けてみたが、面接まで行ったことはなく、だいたいが書類選考や二次試験でこっぴどく落とされてしまった。

当時の私はそんなふうに自分を評価してもらえなかったこともあって、ネガティブだった。一つ告白すると、私がバングラデシュという国や、途上国を意識しはじめたのは、もしかしたら、優秀な人たちがこんなにいる日本では、自分の役割は到底見つからないと思ったからかもしれない。でもそれは、海外のどこかにあるはずだと。

「ああ、こんな日本では私って本当に役割が見つからないなぁ。でも、もしかしたら、誰も行きたくないような、怖くて汚い世界には、自分の役割は、少しはあるかもしれない……」

そんな弱気な動機が、心の裏側にあったのかもしれない。

思えば、はっきりした価値観をまだ持っていなかった大学2年生のとき、開発コンサルタント会社のアルバイト面接を受けた際、「なぜ途上国に興味があるのか？」って聞かれた。私は今でも覚えている。「役割分担だと思うんですよねぇ……」と答えた。

？マークが顔に浮かんだ面接官の表情を見て〈これは落ちた〉と確信したのだけれど、なぜか受かった。でも、感覚的にぼんやりそう思っていた大学2年生から、経験を経た今でも、同じことを思っている。

バングラデシュでの大学院時代、インターンをしていた日本の商社で中原所長という本当に素敵な人と出会えた。中原所長は、「これぞ商社マン！」という感じの、マルチでバイタリティがあって、海外の人とのコミュニケーション・スキルは抜群で、飲み会でもつねにみんなを盛り上げて、最高に頭の回転が速くて、グローバル感覚がある人だった。

そんなすごい人の近くにいたからこそ、私はバングラデシュでも再び「自分の役割ってあるのかなぁ」なんて悩んでしまった。私が何十年という経験を積んでも、中原所長みたいになれるわけがないと、もう人間としての資質が違いすぎるなぁと、再びネガティブな自分になってしまったのだ。

インターン中、ある展示会でバングラデシュが誇る素材「ジュート」に出会ったとき、海外へと輸出できないかなと、ひとり考えていた。

所長に相談する前に、ダッカから車で数時間かけて、でこぼこ道を何往復もして、ジュート工場に足を運んでみて、素材の可能性についてリサーチしてみた。しかし、その工場は2時間滞在するだけでも汗だくになるほど暑く、音がうるさくて、とても汚くて、本当にしんどい環境だった。しかし、私は汗を流しながら、騒音に負けまいと大声で、しかもベンガル語で工場のみんなにあれこれ質問したり、議論していた。何となくビジネスとして形になりそうだなと思ったころ、私は所長に「一度ジュート工場見に来てくださ い！」と言った。所長は重い腰をあげて、一緒にでこぼこ道を2時間かけて つきあってくれた。

帰るころ、所長も汗だくになっていた。仕立ての良い上質なワイシャツは びしょびしょだった。帰り道、屋台みたいなところでバングラデシュ製の安 いTシャツを買って「着替える！」と言いだしたくらいだ（笑）。

でも、そのとき私は、〈あぁ、所長でも、しんどいことがあるんだぁ〉と 素直にうれしく思った。私は、私の役割として、汗だくでもへっちゃらだっ たので、自分ができて、所長にできないことがあると、そんなバカみたいな 自分の強みがうれしかった。

それから月日が経って気付いたのは、バングラデシュという途上国には、 海外から大企業の人たちが集まってくるけれど、結局は中国の代替として見 られていて、彼らの目的は、いかに安くものをつくるか、だった。その中で いいものをつくろうという人が皆無だったことに、私は自分の役割や存在意義を見出すきっかけになった。いいものをつくるためには、現地の言葉を話して、汗だくの毎日を厭《いと》わず、何より本気でいいものをつくれると信じなきゃいけない。私はスキルも知識も経験もないけれど、「いいものをつくれるんじゃないか」という、漠然としているけれど強い直感は持ち続けていた。だからこそ、そのポイントに、自分にしかできない役割分担があるかもしれないと思った。

突き詰めて自分自身にできることだったり、自分にしかできないことだったり、あるいは、他人はしたくないけれど自分は厭わないいものを考えていくと、たとえ、どんなに小さくても見つかる自分自身の役割があると思っている。そして、もっと突き詰めていくと、自然とそうした役割は「オリジナル」なものになっていくのだと思う。私のケースはまさにそうだった。

自分の役割を見つけるためには、現場を見ることと、その後の自分との対話が大切だった。私はたまたま「途上国」×「ファッション」×「ものづくり」みたいな部分に自分の役割を見つけ、その役割に対して、「マザーハウス」という名前をつけた。その小さくても長く続けばいいなと思う役割を、人生をつかって、まっとうしたいと思っている。

付け加えたいことがある。今も就職活動を必死に頑張る学生さんたちがいる。私も先に書いたように就職活動をして、なかなか評価してもらえなかった経験があるからこそ言いたいことがある。他人が自分をどう評価しようと、希望した企業から内定がもらえないからって、就職が最終的に決まらなくたって、それがイコール自分の人生や能力を「だめだ」と決めつけるものではけっしてない。他人の評価は、あくまで他人の評価だ。自分の能力を信じるべきなのは自分自身。落ちたら思えばいい。「ああ、ここには私の役割がなかったんだ。他にあるってことだ」って。

無知の強さ

会社を経営して5年もすると、会社の「事業計画書」が次第に必要になってくる。今、当時のスケッチブックを見てみると、〈この時の私、何もわかっていないんだなぁ〉と思う。たとえば「百貨店にお店を構える」と書かれているが、それにはどれだけの保証金がかかり、どれだけ内装費がかかり、歩合の率（売上の何パーセントを百貨店におさめるかという率）は、どれくらいが標準なのか、それだと販売価格はどうしなきゃいけないのか、その価格に対して原価率はこれくらいまでに抑えなきゃいけないとか、毎月の予算を達成するための最低の月生産個数はいくつかを決める、そのためには工場はこれくらいの規模じゃないといけない、などなど、今の私にはチェックしなきゃいけない項目が一瞬にして頭をよぎってしまう。

それはわずかでも成長している証拠だと思うけれど、たまに思うのは当時の私の「無知の強さ」は最強だった！　ということ。私は本当に何も知らなかった。だからこそ突進していったように思う。バングラデシュでバッグをつくることがどれだけ大変で、どれだけ新しいことかも、知らなかった。

最初160個のバッグをつくっている過程で、私はふと〈新しいことをしている〉と思ったことが三つある。一つ目は、「ジュートという、誰もやったこともない生地でファッションバッグをつくる」ということ。滑りやすく、縫製の際の縫う代金が革よりも倍くらいかかったり、手がかかり、とても難しい素材だったと後から気がついた。二つ目は、「女性がつくる」ということ。男尊女卑のイスラム圏で、しかも革産業なんて、男しかいないような世界で24歳の女がうろうろ歩きまわっているだけでも奇妙な光景だった。三つ目は、バングラデシュでジュート製品は、「はじめての日本に向けての輸出」だった。「日本」という国はみんな聞いたことがあるけれど、知らないことばかり。ある工員に「日本って犬を食べる国でしょう？」と言われた時には絶句してしまった。

一つでも新しいことに挑戦するのは大変なのに、知らないうちにトリプルの新しいことを抱え、それをやってみようというのが24歳の何も知らない女性なんだから、無知の強さ以外の何物でもなかった。

私たちはジュートという素材に、毎年、その年の気候に合わせた異なる樹脂加工を施している。天然繊維なので、年によって気温が異なれば、ナチュラルな生成りの色も若干変わってくる。だから染料の量も毎年若干変えていかないと、統一した色にならない。何も知らなかった最初のころは、不良生地が山積みになってしまい、こんなんじゃ無理だ……と何度も思った。

あの時、もしジュートというものが、これだけ大変な素材だと知っていたら、決して手を出せなかった。でも、何も知らなかったからこそはじまり、この素材との格闘の日々は本当に辛かったけれど、日本からの技術者の派遣などの努力もあり、今では私たちのブランドの最強の武器になっている。

ジュートだけじゃない。知らなかったからできたこと、挑戦できたことは山のようにある。会社を登録する中で、自分が「代表取締役」という肩書になるんだ、と知ったとき、私はその重さをまったく知らなかった。いわゆる「社長」という役割が持つ責任と、そこからはじまる孤独の日々、組織をつくっていく苦しみ、もう普通に組織の中で働く生活には戻れない人生、逃げられない創業者であることの事実、すべて私の頭の中にはなかった。

もし当時、いま理解している「社長」の辛さを知っていたら、絶対に絶対に絶対に社長にはならなかった。「起業したい」という人を見ると、「本当にやめておいたほうがいい」と、心から言ってしまう自分には、当時の無知の強さはもうない。しかし、ネガティブなことばかりではない。私が社長になって身に着けたのは、責任の中で知った「自由の価値」と、苦しさの中で見えてきた「小さな変化に対する喜び」、そして「継続することの尊さ」と「人間がつくり出すものに対する果てしない愛情」だった。

一歩踏み出したことに後悔なんてまったくしていない。踏み出したからこそ知り得た人生の、なんと濃厚なことだろう。

私は最初160個のバッグをつくっていたころ、通っていた提携工場までの道のりをまったく思い出せない。どんな景色だったのか、どんな人が何を言っていたのか、不思議に思うくらい記憶からすっぽり抜けている。それくらい前しか見えず、耳からは何も聞こえない日々だった。街がテロで混乱している最中でも工場に通っていた。無知であることは最強の武器で、無知の時しかできない行動がある。

何かしようと思ったらまず、あれこれネットですぐに調べて、リスクばかりが目について、やっぱり止めたと思ってしまう情報社会の中、無知だからこそできることが、もしかしたらあるかもしれない。

失う怖さ

前の項に書いたように、私の目には、工場まで通った景色が入ってこなかったし、「テロで死ぬかも」なんてことも、想像もしなかった。「失う怖さ」は皆無だった。よく人から、「失敗したらどうしよう？」とか、考えなかったのですか？」と聞かれる。「考えたけれど、たかがしれているなぁと思った」というのが、私の答え。なぜそう思うかというと、やはりバングラデシュにいた2年間がそういう価値観を醸成してくれたと思う。22〜24歳という感受性が強い時期、毎日、毎日、私は人間の生活のドン底を見ながら過ごした。

現在のバングラデシュは、２００４年当時に比べると、安定的に経済成長を続け、街もきれいになった。さまざまな海外からの投資家も少しは増えて、でこぼこ道も減り、物乞いの子どもたちも少なくなったように思う。私が暮らした当時は、外に出れば子どもが物乞いをしているのが普通だった。洪水のときは、数千人の命があっという間に流されるのを茫然《ぼうぜん》と見ていた。とくに、路上生活をしている人たちは、あっけなく流されてしまう。

2004年の大洪水は歴史的にも大きなものだった。排水溝が詰まっているのでなかなか水が引かず、もともと不衛生な街なのでたまった水は緑色。一階は胸まで水に浸かってしまうほどだった。感染症や二次災害がすぐに広まって、街には薬が不足した。そんな中、まるでドブ川のように汚い水の中を泳いで進む少女を見た。まだ10代前半だと思う。彼女は口に粉が入ったビニール袋を銜《くわ》えていた。それほど効果はないけれど、下痢に効くと言われていた低価格で手に入るその粉を、家族のために必死で探しまわっていたのだった。そんな風景を毎日見ながら私は、人間の命の儚《はかな》さと、強さを知った。

それから私の中で、たとえ日本で一歩踏み出して失敗したところで、死ぬわけではない。たかがしれているだろうと思うようになった。冷静に考えてみると、〈会社をつくって倒産したとしても、バイトして過ごせばいいじゃないか〉と思えるようになっていた。たとえ時給が安くたって、着る服がないということはないはず。洪水で流されるほど、壊れやすい生活を余儀《よぎ》なくされることはないはず。私には失う怖さはなかった。

私が「失敗したらバイトしたらいいじゃない」と人に言うと、きっと頭では理解できても「そ、そうですよねぇ……」と、よく困惑される。失う怖さは、「自分のプライド」を失う怖さなんだと思う。けれど、それが邪魔して、やりたいことがあるのに、一歩も踏み出さない人生だとしたら、人生の最期がきたとき、気持ちよく死ねないのでは？　と思う。

世界には、さまざまな価値観が存在する。日本という小さな島国の中で、隣の人が持っているものを、自分が失うことを考えれば、もちろん足がすくむ。けれど、日本という小さな枠から少し外れて、人間としての自分を見たときに、日本人ということだけで、どれだけラッキーな星のもとに生まれてきたのかと感じられる。失敗したって、じつは日本人であるだけで、とても社会から守られていることに感謝したい。

心で動き、やりながら考える

――Learning by Doing――

この言葉が好きだ。なぜ好きかというと、経験がない20代、30代の人がどれだけ本を読み、セミナーなどに通って、先輩たちの意見を聞いても、完璧に近い計画や将来像を想定することなんて到底不可能で、やりながら学ぶことの方が、はるかに早くて身になることを、経験を通して知ったからだ。

ここに告白すると1年目に書いた事業計画は、まったくその通りになっていない。でもそれは、ネガティブな側面だけじゃない。目標が大きすぎて身の丈にあわず、できなかったことがある一方で、思っていた以上にできたことだったり、予想以上の結果を残せたりしたこともたくさんあった。

たとえば、一番のいい例はデザインだ。子どものころから、絵を描いている時が唯一の幸福な時間だった。でも絵と立体的なバッグは全然違う。だから起業当初はひたすらデザイナーを探していた。バッグのサンプル職人だったり、広告代理店で働くデザイナーに声をかけたりもした。実際にお金を払って数枚デザイン画を描いてもらった。「わぁ、素敵!」。それは、それは、とても素敵な絵だった。それを持って、実際のサンプル作業に入ったとき、不思議なことに、まったく違うバッグができあがったのだった。

「どうしてこんなに違うの……?」

当時の工場のみんなは、キョトンとしている。うーん……。果たしてどこから修正したらいいのか、わからないくらい、絵と実際のバッグは違っていた。それに、実際のジュートの素材が、その絵と完璧にマッチしているとは思えなかった。バングラデシュの牛の革の質感も、やはり絵とは違った。金具の色も絵のようにきれいなものが手に入るわけがない。コバ塗り(革の側面に色をつけること)の品質も、絵のようにならないのは当たり前だった。

さまざまなイメージギャップを埋めるためには、やっぱり私が現地に身を置いて、ベンガル語を話しながら、一つひとつ、何ができて、何ができないのか、あるいはどこまで改善できるのか、そうしたことを、毎日、毎日、議論して、前に何とか進まないといけなかった。デザイン上の制約条件をあげたらきりがない。もちろん、日本には優秀なデザイナーはたくさんいる。しかし、ファッションやデザインに興味がある人と途上国に興味を持っている人はある意味対極だった。デザインやファッションをこよなく愛し、そのために自ら途上国に住みつき「ない、ない」ばかりのハンディを背負う国でいいものをつくっていこうという気概を持ち合わせた人は少ないし、それは今でも企業としての大きな課題になっている。何もない中でも、みんなの力を結集させて、いいものをつくろうと前向きに戦う姿勢が必要なのだ。

1年ほどデザイナー探しで格闘した後、デザインは自分がやるしかないと腹をくくった。〈探している時間がもったいない〉。

そして、社長業の傍ら、夜はバッグのデザイン学校に通いはじめた。場所は東京・御徒町。とても厳しく愛情あふれる先生に出会った。だからこそ、先生が話している内容はものすごく身になったように思う。一つでも多くバングラデシュの工場のみんなに伝えたいと思っていたから。実際に、自分でデザインしながら店舗で販売していくと、どの商品がよくって、どれがだめだったか、嫌でもよくわかる。もし、私がデザインの専門学校に通っていたら数年かかって学ぶだろうことを、私は実地で学んでいった。多いときは一ヵ月に30種類のバッグのサンプルをつくった時もある。本当に短期間でさまざまなことを吸収した。

店舗づくりも同じ。2006年、はじめてオープンした東京・入谷の店舗は、お金がなかったので、自分たちでつくった。近くの材木店から直接木材を調達した。ペンキの塗り方も学んでいった。床の底上げにどれくらいの日数がかかり、どれくらいの予算がかかるかも全部わかるようになった。現在の副社長の山崎大祐をはじめ男性スタッフが先頭に立ち、今でも出店する際の内装は出来る限り自分たちでしている。まるごと外注して、後から「これ修正、これもう少し」などと言っていたら、いつの間にか予算オーバーだ。でも自分たちでやりながら考えることで、「床を張ってみたら壁はやっぱりこっちの色の方がよくない？」という議論ができる。

マネジメントということに対しても、最初は自分より年上のスタッフばかりで、みんな有名な大企業を辞めてマザーハウスに入ってきてくれた人たちばかりだったから、何度も彼らをマネジメントするのに失敗した。その度に反省してもしきれない気持ちを抱えてきた。しかし、それもやりながら考えて、学んできたように思う。ＭＢＡで組織論を学ぶよりも、ずっと早く、そして重く、自分の頭と心に刻み込まれている。

私は自分の経験上、20代、30代のうちは多少遠回りに思えても、じつはやりながら学んでいく方が、ずっとずっと私たちの成長を早めてくれるのではないかと思っている。

そして、自分の身体に刻み込まれた技術やノウハウは、また新しいスタッフにきちんと教えることができる。そうしたプロセスは、いつの間にか会社と自分自身の大きな財産になっているのだと私は信じている。

「今の辛さは将来に活きる」

この言葉は、起業して1年目、倉庫で泣きながら段ボールを上げ下げしていた日に、私の父親がお寿司屋さんに連れて行ってくれたとき、私に言ってくれた言葉だ。

当時、スタッフはいなかったから、毎日肉体労働ばかりで、なかなかバッグも売れず、生活が成り立たなかった。社長をやりながら、じつはアルバイトもしていた。贅沢なんてまったくできず、コーラでお腹いっぱいにしていたりもした（笑）。身体もボロボロで、実際にフラフラしながら山積みの段ボールのガムテープをはがし、一つひとつバッグを取り出して検品をしていた時だった。

〈こんなことが一体何のためになるんだろう……〉

そう思うと、涙が止まらなかったのだが、父の言葉にとても救われ、すごくすごく感謝している。

私は、これまでその言葉を信じて〝楽をしない〟ことをモットーにやってきたような気がする。もちろん効率的にできることや、ムダの改善は、限りなく徹底していくようになったが、基本的に「楽をする」ことで得られるものに対して、価値をあまり感じていない。

最たる例は資金だと思う。よく出資の話をいただく。外部から資金を入れたら、もしかしたら今よりずっと優秀な人を雇うことができて、店舗数も1年に数店舗というペースではなく、一気に10店舗、そして工場も投資をして生産能力を倍に！　などということが、金額次第では可能だと思う。いま必死に自分たちの力で回そうとしているのは正直とても大変だし、外部の資金と年上で経験豊富なスタッフが入ってくれたら、それで解決する問題もたくさんある。

しかし、それを一切してこなかった。資本金の250万円は、私と副社長の山崎で出し合い、その後増資を続け3795万円になっているが、すべて自分たちによる増資と、限られたスタッフ、アドバイザーの人たちからの出資だ。この背景にあるのは、いま自分たちがもっている精一杯の資源で、できる精一杯のことをして進んでいく「プロセス」に、数字よりも価値を置いている、ということ。そしてそのプロセスが、長期的には必ず自分たちのためになると考えている。「今の辛さは将来に活きる」という父の言葉どおり、私は苦しんだ数だけ、人間として少しずつ大きくなれている気がする。人生で、そんな感覚を持っていることは、どれだけ幸せなことだろう。

将来何が起こるか正直私にもわからない。けれど、たとえば明日会社がなくなって、一人で一から生きていかなければならなくなったとき、私たちのスタッフは、きっと力強くまた0を1にできるだろうと思う。そして、それを「楽しい」「価値がある」と感じられると思う。私自身もそう。会社がなくなっても、きっとまた歩きだすと思う。そんな生命力を与えてくれるのは、「今」自分たちの手で、苦労を買って出ているからなんだと思う。

苦しいことを単純に苦しいこととして受け止めず、将来に生きる経験をしていると思えれば、きっと〈苦しい〉が少しずつ〈意味がある〉と思えるようになると思う。

女性としての一歩

最近女性で起業する人の人数が減っていると聞いている。女性が一歩踏み出すことと、男性が一歩踏み出すことの違いがやはりあるように私は思う。起業は、体力的にも精神的にも、女性にはしんどい場面や事柄も多い。しかし、いい面もたくさんあると、私は実感している。起業してはじめて感じたのだが、女性だからサポートしてくれる人や組織、事柄が、想像以上にたくさんあるのだ。たとえば、「女性起業家支援プロジェクト」というものがある。大和証券が主催しているビジネスプランコンテストだ。私はそこの２００６年グランプリを受賞し、その賞金３００万円は、自己資金で資金繰りをしていた私たちにとって、とてつもなく大きいものだった。「グランプリ、おめでとうございます！」と、汚くて小さな事務所で電話をもらった時、思わず涙が止まらず、すぐにバングラデシュの工場に電話したのを昨日のことのように覚えている。もし、これが男性も一緒のコンテストだったら、絶対にグランプリは無理だったと思う。女性を応援する組織があって、私たちは最初のお店をつくることができた。感謝してもしきれない。

そしてメディア。じつは、マザーハウスという会社は、これまでほとんど広告宣伝費を払っていない。それでも、これだけ多くのメディアの方々が今でも記事を掲載してくださっているのは、私が女性であることも関係しているように思う。女性として一歩踏み出す人は、男性に比べたら圧倒的に数が少ないし、たまに「女性の方が映《は》えるので」とボソッと言われる取材の方もいる。そして、単純にファッション誌などは、読者層が「女性」だからだと思う。イスラムの国で、女性だからこそ嫌な言葉を散々浴びてはきたけれど、でも日本では、女性だからこそ得したことがたくさんある。だから私は、日本は女性にとって、とても優しい国だと思っている。

ただ一方で、私は日本人がもつ「働く女性」のイメージは、少し理想と違うなぁと感じる時もある。日本では「キャリアウーマン」って言葉があるように、働くことがプライベートの対立軸として並べられることが多い。「オンとオフのバランスを取ろう」という言葉だったり、「ワークライフバランス」という言葉も、そもそも仕事とプライベートという分けられた世界の中で生きているから生まれる発想なんだと思う。

私の中では、二つは切り離して考えるよりも、両方が重なっている部分があって、だからこそ人生がすごく楽しいんだと思う。たとえば、休みの日にフラフラ街を散歩していても、「あぁ〜こんな面白いバッグ見つけた〜！」とか、「素敵なデザイナーさんに会えた」とか、そういう刺激は全部が全部、仕事のためでもあり、自分自身の人生のためでもある。切り離して考えたら街を歩くことがどれだけつまらなくなってしまうだろう……と思う。また、本気でやりたいことをやり、楽しんでいたら、そんな境界線が自然と意味がなくなる感覚をわかってもらえると思う。楽しいことは際限ないし、やりたいことも際限ない。そして、それは仕事の目標というより人生の目標。

だから私の中では、平日と休日が完全に切り離されているイメージや、帰宅するとスーツを脱いで脱力……という感覚よりも、もっともっと自然に、オンとオフの二つは融合している。素直に純粋に働くことを楽しんで、それを人生の時間の中に、自然に溶け込ませていくような感覚だ。だからこそ、これまで続けることができたのかもしれないなぁと思う。もし家に帰って毎回本当の素の自分に返れるような、境界線がきっちり引かれたところに仕事があったら、きっと体力も続かず、途中でギブアップしていたかもしれない。

そして女性は、男性と張り合って力を入れて進むよりも、もっともっと女性らしく歩けばいいと思う。マザーハウスには男性社員も多く、工場は4人以外みんな男性だ。男性にしかできないことや得意なことは、もちろん気持ちよくお任せして！　女性だからできることや、感性、感情、表現やおもてなしといった部分で女性社員はとても活躍してくれている。

そして最後に、女性の笑顔はそれだけで価値がある！　笑顔を忘れずに進んでいけたらと思っている。

変わることを恐れない

「生物は変化を続けて進化してきた」

「一歩踏み出す」かぁ……とこの章で書くことを悩んでいた時に、正直私よりもずっと適任がいた！　と思った。副社長の山崎だ。外資系の証券会社ゴールドマン・サックスでエコノミストとして活躍していたが、4年で辞め、マザーハウスに入社してくれた。

「辞めるとき、怖くなかったの？」という質問に対して、彼が話してくれた内容で一番なるほど、と思ったことがある。

「楽だったから」

「……どういうこと？」

「職業人的には経験でどんどん評価されていたけれど、そこに努力が伴っていたわけじゃなかった。他の会社に転職したら、競争に勝てるかというと、違うなぁって思ったよ」

そして彼は、

「変化しないって、すごくリスクだよ」

と言った。

私自身、変化しなかった時期がないからわからない感覚だった。でも確かに人類は遥か昔から少しずつ変化を続け、変わる環境に適合していった。その中で、進化を遂げて、今も生存している。

いま不景気で大企業も倒産しているし、いつ解雇されるかわからない状況が続いている。もしかしたら、一歩踏み出さないことのほうが大きなリスクを背負うことになるんだなぁと実感している。

自分が立ち止まっていても周りや環境は刻々と変化し続けている。私たちの会社の社訓に「We never fear change for the better.（変化することを恐れない）」という言葉がある。ファッション業界の変化のスピードは、めちゃくちゃ速い。その上で、出店する地域によっても戦略や商品もまったく違う。「こだわり」を持つことはすごく大事だけれど、それがすべてを覆ってしまったら、私たちはここまで生き残れなかったと心から思う。たとえば、マザーハウスが1年経ったころに、ジュート素材だけではなく、「レザー」のバッグも導入した。メディアに露出すると、お客様の層が少しずつ変化していったし、マザーハウスを知らない、通りすがりのお客様から「レザーはないの？」という声が徐々に増えていったからだった。

ずっと「ジュート」にこだわっていたら、今のように多くのお客様の声に応えることはできなかった。大事なのは、ジュートを大切にコアな素材として、さまざまな側面から競争力をあげていきながらも、レザーを新しい付加価値として加えることは可能だということ。そして、それはバングラデシュのレザーである限り、「途上国からブランドをつくる」というミッションと乖離《かいり》しているわけではない。そんな判断もあって、今ではちょうど半分ずつ、ジュートバッグとレザーバッグがお客様の手に届いている。

私にはデザインをする上でも、「こうじゃなきゃいけない」という固定された最初のイメージはまったくない。とてもあやふやで柔らかいイメージしか持っていない。いつもデザインと並行して素材をつくっていく。デザインのイメージがあやふやだからこそ、素材が出来上がった時にカメレオンのようにそのデザインは素材を吸収して変化していく。もともとのデザインにかけた時間が長ければ、それに固執したくなる気持ちもあるけれど、私はばっさりと捨ててしまう。素材を活かせるデザインに変更するのが、もちろんいいに決まっている。

これからも大きな変化が次々と起こると思う。日本という国がどうなるかもわからない。だからこそ、来る変化に対応して、カメレオンのように柔軟に色を変えていけるかが、大事な気がする。心の中に大事な「核」を持ち続け、その周辺や細かい要素に対しては、真っ白な頭で柔軟に考えることが大事だと思う。

自然体であること

変わることを恐れない、という前項に通じることだけれど、私は「自然体」であることに強いこだわりをもっている。ある講演会で、ジーパン姿の私に、「社長なんだから、パールのネックレスとかしたらどうですか？」って、マイク越しに言われてしまったことがある。そんな彼女も何か企業の社長を務めているみたいで、本当に外見からそう思える素敵なスーツに身を包んでいた。じつは、私は店頭に立つことがあるが、何百回と「山口社長さん、いますか？」と聞かれている（笑）。私はニコニコしながら、「はい、私です」って答える。先日（まだ20代だったころ）、面白かったのは「確かこの社長さんは20代の女性ですよねぇ」とお客さんに言われた。「はい、まあ20代後半ですよねぇ」と私がニコニコしながら言って、さすがに気が付くかなぁと思ったが、気が付かれなくって、「ああ、後半ですかぁ。まぁでも何だかすごそうな人ですよねぇ」と言われた。「うーん、何もすごくはないですよ〜」と私が言うと「そんなこと言っていいんですかぁ、スタッフさんなのにぃ、あはは」って笑われた。私だと名乗ると大抵決まって、「こんなに小さいの⁉」って驚かれる。

そして、決まって言われるのが、「もっとバリキャリ（バリバリ仕事をするキャリアウーマン）かと思ってた！」という言葉。あまりにも私が仕事してなさそうに見えるらしい。でも、それを大体の人にとって好印象として受け止めてもらっている（と思っている）。

私は社長だからといってパリッとしたスーツにハイヒールである必要なんて、まったくないと思っている。自分のレイヤーの中で大事なのは、そんなことよりも「自然体」でいること。ただでさえ大変な仕事をしているのに、どうして、さらに肩が凝るようなスーツを着なければならないんだって本気で思う。もちろん、TPOに合わせたおかしくない格好は必要だけれど、自然体なワーキングスタイルをモットーとしている。そして最前線に立ってことは、つねに現場にいて、自分の主観を磨いて、数字に表れない世の中の動きを感じ歩くこと。それなのに動きにくく、足が痛くなるようなファッションは、何のためだろう？

柔道ではみんなが思っているほど、力を使わない。組む前に「組み手争い」というものがあって、相手の襟《えり》をお互い取ろうとする時間が軽量級の場合は多いのだけれど、その時とくに、肩の力はすっぽり抜けている。だからこそ、瞬発的に伸ばした手にスピードが乗って襟を取ることができて、相手の手を反射的に防ぐことができる。ものすごい脱力状態をキープして瞬間的に力を入れる術を武道から教わった。柔道をやめて、このことが、じつはすべてに通じるのかも……と思うときが何度もある。

仕事でも、朝から晩まで、つねに力を入れて、すべてに目を配っているような姿勢だと、面白いアイディアも生まれなければ、ビジネスのさまざまな場面で飛んでくる変化球に対応することもできなければ、ハードルがあってもジャンプもできない。

「自然体」と言えば思い出す人がいる。以前仕事でお会いしたテニスプレイヤーの杉山愛さん、ヴァイオリニストの五嶋みどりさん、そして元柔道選手の山口香さんだ。みんな強さと優しさの両方を内包していて、本当に肩に力が入っていない。自然でいて、強い。とても笑顔が素敵な人たちだった。思っていたイメージとのギャップに私はびっくりしてしまったが、自然体だからこそ、ラケットを持った時、ヴァイオリンを持った時、道着を着た時、ここぞというスイッチが入った時、ものすごい力を発揮するんだなぁと思う。

自然体でいると目に映るもの、耳で聞くもの、心で感じるものがスーッと身体に入ってくる。頭に入るというか心に入る。そうした心理状態は今までにない新しい企画を生むことも助けてくれるし、こうじゃなきゃいけない！という状態とは180度違って、「なんでもあり」な、まっさらな心は、既存のやり方では通じなかった物事も可能にしてくれる時がある。

運を味方につける笑顔

私はゲン担ぎをする。たとえば、ふと時計を見て8時21分だと私の誕生日が8月21日なので「あ、今日はいいことある！」と気合いを入れる。

さらに1時11分でも「あーゾロ目だ、すごいや！　今日はいいなぁ！」なんて調子をよくする。そんな感じで、毎時間素敵な時間が訪れる馬鹿な私なんだけれど、何でもかんでも味方につけてしまう姿勢だ。

運を引き寄せるのは自分自身の心の持ちようだと思う。絶対できると信じる気持ちもそうだし、神様が応援してくれているなぁと思う気持ちも、何だか波が来ている！　と思う気持ちも。そして、単純だけれど「笑顔」もとびきり大事だと思う。運という虫は笑顔が咲いているところに集まってくる。

私にとって「笑顔」は、笑っている表情とはちょっと違う意味がある。それは自分自身を守る唯一の魔法の道具だと思っている。

小学生のころ、イジメられていた私は、なぜかいつも笑っていた。なぜなら笑わないと本当にイジメられていると思われちゃうからだった。いつも学校に行く途中で笑う練習をしていた。今日も嫌な思いをするだろうけれど、笑顔の自分で居続けよう。そんなふうに、心で決めていた私は、それから二十数年経ってもそのスタンスは変わらない。会社が何度も倒れそうになっても、足がつるくらい身体が悲鳴をあげていても、どこの国に行っても、笑顔を忘れないように、ということだけは心がけている。移動が続いても、4ヵ国のスタッフの前では笑顔を忘れない。バングラデシュの工場のみんなは、私が笑顔じゃないとワイワイと心配してくれる。ネパールの工場では、みんなにとっては私に会うのは、今月は今日がはじめてなんだと思うと、バングラデシュのときの笑顔に負けないくらいの笑顔を心がける。疲れて日本に帰っても同じ。日本のスタッフは日本での私しか知らないわけで、疲れた顔は伝染しちゃう。2011年に路面店をオープンした台湾のチームも同じように100パーセントの力で、私を待ち受けている。そんなふうに、みんなが4ヵ国で待ってくれていることに感謝しながら。

笑顔はお金がかからない最高のおもてなしだし、最高の環境づくりだと思う。自分が笑顔じゃなくて他の人に笑顔になってもらおうなんて、不可能に決まっている。無理して笑うことももちろんある。けれど、人間って不思議で、笑顔でいると自然と心からの笑顔が生まれるようになってくる。

そんな輪には自然といい空気が流れる。2011年6月、事務所が少し明るくなった。残業も多く、組織としても多くの問題を抱えていたけれど、スタッフみんなの力で話し合い、解決策を見つけながら進みはじめていたころ。次々と新しい仕事の電話が鳴り、出店の依頼、雑誌掲載の話などが毎日のように飛び込んできた。「神様が応援しているとしか言いようがないよね……」と事務所で話していたくらい、本当に不思議だった。そして、そんないい仕事を運んでくれるスタッフみんなに感謝したい。笑顔は伝染し、更なる笑顔を生む。お店が笑顔だったらお客様にも笑顔をお渡しできるはず。

第三章

✦

続けてみる

成功と失敗の意味

今までたくさんのハードルがあって、〈やめようかな〉と思った時も数えきれないけれど、そんな中で続けてきたのはどうしてだろう？　と自分に問いかけてみる。それは、「成功って何？　失敗って何？」っていう大きな価値観なんだと思った。

私の中での成功は、明確にはっきりとした定義は難しいけれど、なんとなく〈生きてきた意味があったなぁ〉と死ぬ時に思いたいとは思っている。生きる意味なんて20代、30代でわかるわけがないし、それを模索していくのが人生なのだと思う。ただ、死ぬ寸前に〈少しでもこの世に生まれた意味があったんじゃないか〉って思えたら、それで私は納得して死ねるとは思う。そして、その意味が、先にも書いた自分の役割をまっとうすることにつながっている。

最近、バングラデシュのマトリゴール工場には絶え間なく入社希望の人が門をたたく。工場の噂を聞いて働きたいと言ってくる。「ああ、今日も新しい人が来たなぁ」と様子を見ていると、カッティングスタッフ（裁断担当）のノヨンがその人をつかまえて延々と「マトリゴールとはこういう工場なんだ。他の工場とは違って私たちはバングラデシュでいいものをつくらなきゃいけないんだ」と企業理念やブランドミッションを語っていた。一生産スタッフが、まるで経営者のように熱く語っている様子をみて、本当に微笑ましくて、〈もう私なんていらないねぇ〉と思える。そんな小さなことにも意味を感じる。

そして、自分自身として、後悔しない選択をしてきた、と思えることも大きな意味かもしれない。だから会社が規模としてどれくらい大きくなるとか、店舗数が何店舗になるとかっていうのは私の中ではどうでもよくって（もちろん日々の経営の中ではどうでもよくないけれど！）もっと大きな枠の中で、そうしたアクションが「生きた意味」につながればいいと思う。

一方で、失敗ってなんだろうって思った時に、自分自身が本来できたはずのことをやらなかったり、一歩踏み出せば何か見えたはずなのに、その一歩を踏み出さなかったことは、私の中では確かな失敗として心に映る。だから、「一歩踏み出して失敗した」っていうことは、私の中ではまったく失敗には入らない。むしろ前に進んだ印として記憶される。

この「失敗の受け止め方」は、次の行動にとって、大切なことだと思う。人間は何かでつまずいたり、何かで失敗してしまうと、よくそれがトラウマになって次の一歩を踏み出せなくなってしまう。なぜかっていうと「つまずいたこと」自体が100パーセント失敗だったと心に強く刻まれてしまうからなんだと思う。

私はバングラデシュで提携工場を探している道のりの中で何度も失敗してきた。『裸でも生きる』に詳しく書いてあるけれど、ある時は、工場のみんなを信頼していたのにパスポートを盗まれたり、ある時は出社したら、ミシンも何もかもなくなってしまっていたりと、もう誰が見たって失敗の連続だった。

2回もそんな経験をした後、バングラデシュで一人、途方に暮れていた。すごく悲しくて、すごくむなしくて、まるで自分が大ばか者のように思えた。でも、最終的にもう一回いい工場を探してみようと名刺のリストを取り出して連絡をはじめたときの心境を今でもよく覚えている。

私は確かにものすごく傷ついていたし、悲しかったのだけれど、どこかもう一つの心の部分で思っていたことがある。〈この失敗が悔しければ悔しいほど、ここで止めてしまったら完敗だ。でもこの失敗の先に本当にいい工場が見つけられるとしたらこの経験も「失敗」じゃなくて「成功のための失敗」「本当にいい工場を見つけるための単なるプロセスの一つになる」〉ということ。

号泣している自分の心の中の、もう一人の自分が、冷静に分析しているんだから人間って強い。でも、本当に何か問題や失敗に直面した時に、ある一部分、ワンシーンを切り出すと、ただの失敗に見えても、もっと人生の長いスパンで見たら、成功への第一歩って思えることだらけだと思う。だからこそ、一番大事なのは「続けること」なんだ。

そんな感覚があって、再び工場探しをはじめた私は、最終的にバングラデシュで一番腕のいいパタンナー（型紙職人）のソエルさんと出会えた。彼と出会ったことで商品はガラッと変わって売上も伸びて、その後の直営店にも結び付いた。

だからこそ、今はあの時の工場探しの失敗にものすごく感謝していて、誰かを恨んだりする気持ちなんてまったくゼロで、むしろ信頼を勝ち取れなかった自分の至らないところがすごく客観的に見える。

工場探しの失敗の後、どうやって自分を取り戻したか、その時の心境を2006年11月の日記ではこう書いている。

「精神状態を立て直す時間がないままに、デモの中、素材を集めにリキシャを乗り継ぎながら、走り回って、革もジュートも最低オーダー量を何とかクリアするために、いろいろと複雑な人間関係の中をさまよっている。同時に見てきたのは、政治に命をかけているように見える人々の怖さっていうか、デモ隊同士の争いを見たときに、あ、これって人間の本来の姿なのか……って思えるような衝撃的な光景ばかりで、私にとっては、とてもとても平常心ではいられないような日々だ。自分がこの国で生き残ってビジネスをしていくうちに、どんどん嫌な目に合って、どんどん嫌な自分になっていくようで、自分が壊れてしまいそうで……、自分のこと嫌いになるくらいだったらやめたほうがいいんじゃないかって正直思ったりもする。だけど、私は自分が決めた道を歩いているんだから、やっぱりその分の代価は払わなければならない。深呼吸して、だめだった自分をリセットして、優しさや、謙虚さや、笑顔をもう一度心に刻んで、歩き出そうって思った。たくさんの傷が癒えることを待つ時間はないけれど、それでもなんとか時間が素の自分を取り戻してくれると思うから、せめて好きだった自分ってどんな自分かなって思いながら歩きたい。貧しさの中で精神的な豊かさを保つ事は本当に難しい。

こんな短期間でも私は壊れそうなもろさを身にしみて感じたのだから、生まれながらにこの国にいる人たちには、もっともっと難しい。だから誰だって責める事はできないんだって思った」

私がテレビを見ていて感動するのはスポーツの大きな大会などで有名な選手が負けてしまった後のインタビューだ。涙目で「次の大会に向けてベストを尽くしたい」って語る選手の姿にひたすら感動してしまう。それは失敗っていうのを糧《かて》に、もっと前に進む人間の素敵な姿で次の一歩に失敗をつなげていく素晴らしい強さだと思う。優勝してガッツポーズをすることも、もちろんかっこいいけれど、そんな涙目の表情にひたすらかっこよさを感じる。

柔道でも私は高校の2年間、まったく勝てなかった。勝てないどころか中学の時に勝っていた相手にまで負けてしまっていた。言葉通りスランプに陥って怪我の連続で、自分でも強くなっているのか弱くなっているのか、わからないくらいだった。畳にあがるのが怖くなってしまうくらいだったからこそ、一番になれたときの喜びは言葉では言い表せないものがあって、本当にだめだった2年間がなければ優勝はなかった。
スランプだったこの2年間、心から尊敬していた監督が言った言葉を是非読者のみなさんにもお伝えしたい。

「もっと高くジャンプするために、今は沈んでいる状態なんだ」

人間として、成功だらけの人生では、成功の意味もそれがもつ喜びも感じられない。失敗があるからこそ、人間は強くなって、最後に摑む成功を心からうれしいと思える。そして、そんな人の魅力は失敗したり転んだりしてまた起き上がるたびに増していくのだと私は思う。だからだめな時は思う。〈もっと高く飛ぶためなんだ〉って。そして〈もっと魅力的な自分になるため〉だって。失敗への怖さも不安もその先に一歩を続けられる覚悟があるなら、きっと小さなものに見えてくるはず。

ネパールから学んだこと

しかし、自慢ではないけれど、この5年間で犯した失敗は数えきれない。一番大きかったのはネパール事業だと思う。『裸でも生きる2』に詳しく書いてあるのだけれど、バングラデシュのお隣、ネパールの首都・カトマンズでも2009年から仕事をはじめた。

はじめてネパールに降り立った時、「アジアの最貧国であるバングラデシュで自社工場までつくったんだから、こんな素敵な観光の国ネパールでビジネスを立ち上げるなんて楽に決まってる」と、結論から言うと完全に勘違いしていた。

「あれ、電気がない？」

そう、まず毎日停電があるのだ。しかも日本のように計画停電2時間、3時間というレベルではない。

「今日は13時間停電です」

「…………」

「先月より2時間も減った！」と喜ぶネパール人を見て愕然《がくぜん》とした。さらには、「今日くらいいいホテルに泊まりたいなぁ」と泊まった四つ星のホテルでは、「素敵なラウンジ！」と思いきや、出る水は黄色い。「…………」。何度もこのような絶句が起こり、「あれ？」「あれ？」と思いながら、ネパールではバングラデシュ以上の苦戦をしてきた。そして、しばらくして思った。

〈バングラデシュを最初に選んで私はなんてラッキーだったんだ！〉と。

それくらい、ネパールは、すべてが期待外れだった。というか、期待値が高すぎた自分が大間違いだった。

ネパールでは「マザーハウス」のネパール語である「マイティガル」とい

うブランド名で、ネパールの伝統的な織物のひとつ「ダッカ織り」でバッグに使う生地をつくっていた。そして、お隣のインドで縫製をして日本に送るという、なんともリスクがいっぱいの、国をまたいでの仕事をしていた。それでも何とかバッグをつくって、「マイティガル」の直営店を新宿にオープンしてから数ヵ月たった時だった。

「この生地、また問題あるよ。ここからここまでは使えないよ」「ここの部分の縫製、やり直しだよ。もうこっちもだめ」

生地はネパール、縫製はインドと、生産拠点がバラバラになった結果、さまざまなコストは風船のように膨らんで、ネパールにはインドにはバサンというインド人のスタッフが行って、品質の共有だけでも膨大にコストが増殖してしまった。製造と販売の連携プレーが国をまたぐほどに難しくなり、最終的に〈だめだ。やっぱり。こんなやり方絶対に続かない〉と思えた。

インドの工場で最後の出荷を終えた日、心身ともに疲れ果てていた。そして「生産地はやっぱり一つなんだ。その国で完結できるものを、その国の素材とその国の機械と人と、その国のやり方でつくっていこう」というシンプルな結論を出した。

インドの工場を愛するバサンに、そのことを伝えなきゃいけなかったのは、社長である私の役割だった。インドのデリー郊外にある提携工場での生産中止を、心を鬼にして彼に切り出した。

「ねえ、バサン。今日は一つの意思決定をしなきゃいけない。インドで精一杯やってくれて、この工場のみんなも本当に頑張ってくれたと思う。もっと改善はできるし、やってみたい気持ちもあるけれど、その日まで待つことは企業としてできないんだ。ネパールで完結できるものをつくっていきたい」

バサンはすごく驚いていた。そして、しばらく沈黙が続いた。その後、目を真っ赤にして私に言った。

「マザーハウスにとってベストな意思決定をしてくれたら、それが自分にとってもベストだ」

ついにインドから撤退をし、最終的にネパールだけの「一国一物」という考え方に戻った。その後、私たちは少しずつネパールで完結できる素材、「ローシルク」という素材でつくった優しい風合いのストールやスカーフをつくり、マザーハウスのお店で販売していった。それは、草木染やプリントものもあり、手織りの温かさがにじみ出る商品たちだった。そして2011年には、はじめての洋服にチャレンジした。同年4月には、手紡《てつむ》ぎ、手織りの生地からなる手づくりのレディースの洋服たちが銀座店に並んだ。

ネパールの駐在員として選ばれた田口ちひろ。彼女はバングラデシュの工場で品質管理を中心に経験を積んでいた。彼女が最終の検品をネパールの工場のみんなと協力しながら行った。

そしてバングラデシュの工場で駐在生活をして、もうすでに2年以上経っている、アパレル経験が豊富な後藤愛はサンプル開発、デザインでものすごい力を発揮してくれている。彼女がネパールの工場で、最終的なパターンの修正、微妙なラインを最後までつめてくれた。

最後に、ネパールのカントリーマネージャー・西田は日本にいながら、生地の洗濯表示タグや、店舗に並ぶときのディスプレイ、パッケージ、価格、フィッティングルームなど、日本の販売チームと準備を進めていた。

それぞれがそれぞれの役割のもと、必死にネパール事業の新しい再出発を目指した。

「ねえ、サルミナさん。これさぁ、もう一回ここ修正してくれる？」

ネパールのサンプルマスターでリーダーのサルミナさんという女性。彼女は日本語が話せてもう10年以上洋服に携わっている。

シャンティは縫製担当の女性。

「ここもう一回やってみて、もう一回」

そんな私たちの修正ポイントが次から次にあがってくる。そんなある日、

「あれ、シャンティは？」

「頭が痛くて休むって」

「………」

そんな出来事もあった。そしていいスピードで縫製している最中に「ガシャン」「あ、また停電！」「ジェネレーター！（発電機）」と叫んだり、「できることを進めよう！」と言い合ったり、ネパールでのものづくりは本当に大変だ。だけど最終的に出来上がった洋服たちは、超薄手のコットンカディ（手紡ぎ木綿）から、リネン（亜麻）、そしてシルク（絹）といったさまざまな素材をミックスした「手」がつくり出すマイティガルはじめてのアパレルのコレクションになった。

ネパールでは、今なお政治が不安定で、観光産業頼りが続いている。何度も述べるが電気がない中ではどんな産業も育たず、産業がなければ人も育たないのが悪循環になっている。そんな状況下で、ものづくりで日本でも十分戦えるものをつくることは、どう考えても不可能に近いチャレンジだと思えた。そして、すでにネパールで何年も過ごしている人からは、

「ネパールは難しすぎる」

「今はやめときなさい」

「絶対うまくいかないから」

そんなことを散々言われた。でも本当にそうなのかな？と自分に問う。前を歩いていた先人たちが言うことが、いつも正しくて、それに従って歩いていたら、「創造」とか「新しいもの」っていう言葉は、この世には生まれてこない。絶対に例外は存在し、その例外が一本の道しかなかったところに、もう一つの小さな道をつくってきたんじゃないかなっていつも私は思っている。

そして、それらがさまざまな形で交差して、新しさがまた生まれてきたのではないだろうか。そして、その例外があったからこそ、今まで埋もれていた人たちやものや素材が、もしかしたら生きる道を見つけるかもしれない。

答えは過去にはないことも多い。やりたいならば、やり方を考えればいいんだと思う。やり方が間違っていることは確かにあるだろうけれど、でもそのやりたい気持ちを否定することは誰にもできない。

そんなふうに思えることが、このネパールで見つかった時点で、マザーハウスがやるべきだと思うのだ。バングラデシュのダッカでは、その例外の工場が今でも和気あいあいと楽しそうな商品をつくっている。ネパールのカトマンズでもその例外ができる日は絶対に来る。

私の「失敗」に対する考えは結構一貫している。それは「継続をやめた時点で生まれるもの」だ。そして「失敗の数だけ成功を大きく、そして価値あり、長く続くものにする」ということ。同時にその裏にあるのは「失敗がないストレートな成功は成功じゃなくてただのラッキー」っていう感覚。そして失敗も成功も、どこまで続けるかの問題だ。

基本的に失敗が裏にない成功について、本当に私は続くものなのかなぁって思う。小売りという移り変わりが早い市場にいると、ものすごくそれを思う。ドーンと打ち上げ花火のように育ったブランドは数えきれない。一気に50店舗、100店舗なんていう話もざらにある。でも、そのいくつが10年後も生き残っているだろうか。打ち上げたスピードと比例して落ちるスピードも速い。そして、一度落ちる角度に傾いてしまったものは、どうにかして体勢を変えてみてもどうしたって転がってしまうのだ。強風にあおられながらも、時間をかけて根を張った木は、ちょっとの台風が来ても強くしっかりと立っていられる。

人間も同じだと思っている。人が生きてきた年数ほど魅力が増すのは、生きることを継続しているからなんだと思う。

たくさんのことを教えてくれているネパールに、心から感謝している。

ピンチはリトマス紙

継続する中で何度もピンチは訪れる。財務的にもヒヤヒヤの場面が何度あったことか、と副社長の山崎と振り返ると泣けてくる。生産サイドでの一番最近で最大のピンチは2008年。小さな自社工場をすでにもっていたが、そこの大家さんから「1週間で出ていけ」という通知をもらった時だった。そして同時期に、当時現地のパートナーとして協力してくれていたアティフという人も会社をやめることになった。

果たしてどうしたらいいか、と天を仰いでいた。ただ偶然にもその時期にアティフのアシスタントを採用しようと面接をしていたのだった。応募してくれた人はたくさんいたが、みんなその自社工場に呼んで面接をしていたので、もちろんそこで働くと思っていたし募集要項にもそう書かれていた。

しかし、事態は１８０度変わってしまった。もう働く場所がなくなってしまうんだから、どうしようもない。応募があった１００人近い人の中から私たちが全員一致で選んだのがバングラデシュのウォルマート（アメリカの世界最大のスーパーマーケット）で働いていたモインという30代前半の人物だった。〈モインが今の会社に辞表を出す前に連絡しなきゃ……〉、そう思っていた。

この事態を聞いて、マザーハウスで働くことを再検討すると彼に言われると思った。しかし、答えは違った。彼は工場もなくなり、アティフもいなくなり、機械も何もなくなったマザーハウスから逃げなかったどころか、そんなピンチの時に残った唯一の資産であった社宅に来てくれ、当時日本から駆けつけた山崎と共に、新しい工場の敷地探しや手配など、毎日バイクを走らせて助けてくれた。

そして、モインと同じ面接で雇おうと思っていたプロダクションマネージャーのマムンも同じく、そして元々いる工場のスタッフたちも、工場が危機的状況であるとわかりながら、0《ゼロ》からの出発に参画してくれた。

２００８年12月、ガランとした敷地から再出発をしたマトリゴール。そこには新しいボスとしてモインとマムンが工員の前に並んだ。新しい人とは信頼関係をつくるのが本当に大変で、これだけはどうしたって時間がかかる。けれど、彼ら2人はそんな時間をすっ飛ばして、私の心に強い強い信頼をつくってくれた。生活自体がままならないこのバングラデシュで、なぜこんな珍しい人と出会えたのだろうか、と不思議に思うほど、彼らの態度は潔く、そして頼もしく、夜中まで工場の電気を設置する姿を見ていたら涙が出てきた。彼らに出会えたことで私は救われ、今のマトリゴールがある。

工場ができてからも、さまざまなピンチはあった。けれど、その度に彼ら2人はお互い喧嘩し合いながらも前に進むことをけっしてやめない。そんな姿を見ていると、神様が与えてくれたピンチに、なぜか感謝したい気持ちになる。

しかし、会社がピンチの時に、バングラデシュでも日本でも逃げていく人たちはいた。その度に薄っぺらい人間関係に吐きそうになるのだけれど、同時に、ピンチの時にこそ見えるのは、本当にマザーハウスという船に乗ってどこまでも行こうという決意をもった人たちだ。

ピンチはそうした人間関係を見極めるリトマス紙かもしれない。

出会い

モイン、マムンのような素敵な出会いはバングラデシュだけじゃない。日本で出会えた一人の企業戦士がいた。

名前は山本聖《さとし》さん。山本さんは小田急百貨店のバイヤーだった。そして、はじめて私たちに百貨店の中に独立して店舗を持たせてくれた人だ。

起業当初は、店舗がなかったので、お金をかき集めて、あらゆる展示会に出店していた。「エコプロダクツ」という展示会に本当に小さなブースを構えた2006年、少し外出してブースに戻ると数枚の名刺があった。その中に「小田急百貨店　山本聖」と書かれた名刺を見つけた。当時アルバイトをしてくれていた子に聞いた。

「この人、今どこ？　どこか行っちゃった⁉」

「あぁ、その人は〝よかったら連絡ください〟と言っていましたよ」

「あぁーもう！　どうして電話してくれなかったの！」

と、その子を散々叱りつけた記憶がある（笑）。でも、その後無事に会えることになり、山本さんは商品が見たいというので、台東区の倉庫に招待した。８坪のスペースは段ボールでいっぱいだった。当時はお金がなかったので、段ボールの奥にスタッフが寝泊まりしていた。商談なんてしたこともなかったから、テーブルもない。

「どうするの！　小田急のバイヤーさんが来るんだから！」

焦ってみても、このときテーブルなんて買えるお金はない。仕方ない。用意したのは座布団と、みかん箱だった。ついに商談の時間が来て、山本さんはニコニコしながらみかん箱の向かいに座った。

「これ、買い取らせてくれない？」

商品を指さして彼が言った。そして、その次の週から私たちの商品が小田急百貨店に並んだのだった。この狭く汚いスペースで、経験なんかゼロの若造ばかりの企業がつくったバッグをなんと一言で買い取ってしまったのだった。

しかし、サプライズはここで終わらなかった。今から思うと本当にわがままというか、身のほど知らずだが、「ブランドを大事にしなきゃいけない」と4～5人のスタッフで話し合い、商品だけ配送して小田急百貨店の平場に置いてもらう「卸」を全部やめることにした。「時間がかかってもいいから、自分たちのお店で売るんだ」と。そして、入谷の倉庫を店舗に改装した。卸をやめるための店舗づくりだったので、1年後、山本さんに申し出た。

「ありがたくもらった平場で本当に申し訳ないのですが、やっぱり自分たちのお店で売りたいんです」。山本さんは少し沈黙して、バッグの中から書類を取り出して、「じゃあ、自分たちのお店を持ってみる？」と言った。その書類には、小田急百貨店の改装が行われる2階のフロアの間取り図が描かれていたのだった。

起業して2年半経った2008年9月。私たちは日本一人が集まる東京・新宿駅直結の小田急百貨店2階に直営店を構えた。どうしてそこまでしてくれたんだろう。今こうして書いていても涙が出てきてしまうくらい感謝の気持ちでいっぱいだ。

「山本さん、何ていったらいいかわからないです。期待に応えられるようにがんばります」と、オープン当日山本さんに言った。「うん、がんばって！」。爽やかな笑顔の山本さん。山本さんと出会って私はいわゆる〝サラリーマン〟のイメージが180度変わった。それまでずっと言われたことをやり、責任をなるべく取らずに保守的に生きていく、そんなイメージがあった。けれど山本さんは自らリスクを取って、新しいことに挑戦し、若い芽をどうにか開花させようと必死に汗を流す、戦う企業戦士だった。

2011年、山本さんは小田急百貨店を退職した。そして、マザーハウス主催の退職パーティーを開いた。工場のみんながバングラデシュからプレゼントを送ってくれた。本革一枚に大きく「Thank you Yamamoto san!」とマジックで書かれ、その周りにも工場のみんなの名前が書かれていた。山本さんがうれし泣きしてくれたことが本当にうれしかった。

そして、何よりうれしかったのは、小田急百貨店のマザーハウス新宿店がフロアで上位の売上をつねに記録していて、この日はなんと史上最高の売上だったことだ。山本さんのお陰で、どれだけMade in Bangladeshがたくさんのお客様に届いたことか。本当に出会いに感謝したい。

山本さん以外にも激戦区の東武百貨店池袋店に店舗を構えるチャンスをくださった宮田さん、松澤さん。他にも素晴らしいブランド企業の候補がいた中で、マザーハウスのことを私たちのスタッフのように熱く語り、プレゼンで出店を通してくれたことを、心から感謝している。

私たちの歩みは、こうした素敵な出会いがなければ発展していかなかった。神様が与えてくれているとしか言いようがないほど、すばらしい人たちに恵まれ、何とか期待に応えたいと思い、一つひとつ結果を出せるようにと思いながらここまで来た。お客様にも、そしてバイヤーにも育てられて私たちは今に至る。たくさんの別れが日本でもバングラデシュでもネパールでもあったが、それ以上に最高の出会いたちに感謝したい。

喧嘩できる相手──右脳と左脳

マザーハウス副社長を務める山崎は私の大学の一つ先輩にあたる。彼とはもうかれこれ10年以上の付き合いになる。最近では悪影響があるのであまりしなくなったが、事務所の中での山口対山崎の口論（と言えたらまだいいのだが）はかなりの数に上る。その度に、お互いに「疲れた……」となるのだが、彼との議論や衝突がなければここまでの会社には絶対にならなかった。

私と山崎は正反対の生き物だと思う。私はいつも右脳で判断してしまう。その根拠はと言われると困ってしまうが、なんとなく直感的にそっちの方がいいと思う、ということが多い。それに対して山崎は、Aはこれがよく、これがだめで、Bはこうだから、リスクを比較したらBがいい、と極めてロジカルに説明する。

そんな二人だから、言い争ったら収まりがいいわけがない。私がもう少しロジカルになれ！という話だが、なかなか私には難しいのだ。その癖折れないので性質《たち》が悪い。

プロセスの中では二人とも違う方向を向いている。けれど、結論を導く上で、最終的な決断になると、直感的に出した私の答えと、ロジカルに積み上げていった山崎の答えが不思議といつも一致しているように思う。じゃあ別にどちらでもいいじゃないか、と思えるのだが、組織として右脳と左脳両方で考えられた決断は会社のバランスを非常によく保ってくれる。

一個の人間としても左脳と右脳はバランスがいい方が可能性は大きく広がると思う。表現をする人たちは、あまりにも数字が嫌いだったりもする。数字の仕事をしている人たちは、あまりにも、ものをつくり表現する世界の人たちと言葉が違う時がある。片方だけでは人生の楽しさが半分に減っちゃうと私は思う。

だからこそ、マザーハウスでは温かさや愛情を持ちながらも企業として強く、徹底して戦っていくことを共存させている。私と山崎の二人の口論がその根底にあることは間違いない。

これは、人間関係にも言える。個人であってもデザイナーであっても経営者であっても、喧嘩相手がいるのといないのとでは、まったく進む方向が違ってくる。人間は完全じゃないからこそ、自分の答えを検証し、アドバイスをくれ、反対ならば反対だと素直に言ってくれる人が本当に大事だと思う。会社が大きくなればなるほど、反対意見を言ってくれる人は自分の周りから減ってくるように思う。だからこそ山崎の存在は私の中でとても大きい。それは反対意見を言ってくれるからというだけではない。信じてもらえるかわからないが、私は今でも新作が発表される日の前日は夜も眠れない。「花びらシリーズ」という新しい新作を出す前日、私は緊張の渦の中にいた。

「大丈夫かなぁ……。だめだったら、と思うと、いてもたってもいられないんだ」。そう言うと山崎は、「今回は大丈夫だ」と言ってくれた。

彼は「だめだったらデザイナーではなく、販売側、俺の責任だ」と言ってくれた。もちろん、ものがだめな時もストレートに「これって、どうなの？」と言われるのだが（笑）。ものにのめり込む私は外の世界が見えなくなる。そんな時にストレートに入ってくる言葉ほど貴重なものはない。そして同時に彼の言葉がなければ、とっくにプレッシャーで押しつぶされている。

どんな時も私を支え、批判し、道を共に歩いてくれている山崎が同じ会社にいてくれることを、とても頼もしく思う。

これから何かに向かって一歩を踏みだし、継続していこうとする人にとって、隣に批判者がいて、サポーターがいることは何より財産になる。時には喧嘩もするだろうけれど、必ず自分を成長させ、人生をより楽しくしてくれるはずだと思う。

家族の支え

私はラッキーだと思う。なぜなら好き勝手に一歩踏み出すことに対して「自分の責任なら何でもやりなさい」と言ってくれる両親がいたからだ。今、会社をつくって5年経ち、つくづくいい環境に生まれたなぁと感じる。最初、両親はすごく心配していたみたいだし、それは言葉に出さなくてもすごく伝わるものがあった。

思えば「柔道をやめる」と言って道着を段ボールに入れて、ペンを取り出し、いきなり受験勉強をはじめたときもそうだった。大学に入れたのに、「バングラデシュに行ってくる」と言ってトランクに催涙スプレーや民族衣装を入れはじめたときも。そして、バングラデシュの大学院を卒業して帰国すると思ったら、「会社をつくらなきゃいけないんだ」と言ったときも、いつも事後報告の私のむちゃくちゃな人生を、頭ごなしに否定されたことは一度もなかった。

言葉は少ないけれど、「自分の責任なら何でもやりなさい」と、父親はいつも言ってくれた。だからこそ、資金のこともすべて頼ることなく今までやってきた。そして、5年経って感謝の気持ちは募るばかりだ。

時が経つにつれて、父親も母親もお店に顔を出してくれるようになった。母親はいつもお祝い事などがあると、マザーハウスのバッグを選んでくれる。何年経っても、規模が大きくなっても、心配で仕方ないのだと思う。しかし、わがままに歩く私を支えてくれている。

母親には、よくカフェなどで私の愚痴を聞いてもらっている。私のことを誰よりも理解してくれているから「会社なんて、本当に辛すぎてなんでやっているのかわからない」と涙声で話したときも、ただただ聞いてくれた。「私は部外者だから、何でも言ってね」と一言だけ言ってくれる母親に感謝の気持ちでいっぱいだ。

父親に対しては、会社をやればやるほど、私は父の娘なんだという実感が積みあがってくる。父は不動産会社を経営しているが、その他にも多くのビジネスを手掛けている。一方で、父は芸術家でもあり、油絵から、陶芸、オブジェ、さらに本業としても建築物など数々の作品をつくっている。小さいころ家にはアトリエがあった。

会社の時間が終わるとすぐにアトリエに行って、本当に大きなサイズの油絵に取りかかったり、数メートルあるオブジェの彫刻を造りはじめる父を見て私は育った。そして隣の部屋で私も油絵を描いていた。ある時、父が焼き物を焼いている窯《かま》を見てきてくれと私に言うので、アトリエの1階にある窯を恐る恐る開けた。こんがりきれいに焼けていた焼き物に、当時の私は心から感動した。

経営者になった私は、少しずつ経営者であった父の苦しみがわかるようになった。それは多分10分の1くらいだとは思う。けれど、子どものころは、どうしてあんなに忙しそうにしているのか、どうしてそこまで没頭するのか、そして、どうして父は母親が身体の心配をするのに薬を飲んでまで仕事に行くのか、理解できなかった。しかし、今ではそれが痛いほどよくわかる。

そんなバイタリティ溢れる父親と、本当に優しくて繊細な母親の次女であることを心から誇りに思うし、心配をかけた分、いい報告ができればいいなぁと思っている。

両立、そして葛藤

私は、ある一つの葛藤をつねに抱えている。

それは表現者、デザイナーとしての自分と、経営者としての自分だ。キャリアウーマンでありながら、母親であるワーキングマザーたちを見ると本当に心から尊敬してしまう。つねにどちらかに力を入れればどちらか一方に犠牲が伴う、なんていう経験は誰にでもあるように思う。

起業した当初は、どちらもよくわからなかった。自分が経営者であり、デザイナーであるっていう自覚自体が薄いというか、どうでもよくて、とにかく目の前にある仕事に精一杯だった。商品が成田空港についたと思えば空港まで友達のお父さんのトラックで迎えに行ったし、倉庫についたら検品をしたし、ウェブサイトもつくったし、営業もした。だから自分の立場や役割分担なんて語る意味はなかった。でも、それが少しずつスタッフが5人、10人、30人、それ以上となってくると、自分は自分にしかできないことをするようになる。そうなった時に、はじめて経営者という立場と商品をつくって最終的なGOサインを出すデザイナーという立場にあるんだと自覚できた。でも、その両立の大変さを感じはじめたのは4年くらい経ってからだと思う。

私も経営者一本に絞って会社を運営することだけに100パーセントを注げて、年間の半分海外に行って商品開発をしている時間をすべて日本の管理に充てていたら、まったく会社は違った方向に行っているし、もしかしたらやめていったスタッフももう少し少なかったのかな〈あるいは多かったかな……〉と何百回と思った経験がある。

そして商品をつくることだけに専念できて、ずっと工場に居られて、販売、組織管理、経営戦略、広報、その他すべてに対して割く時間でものをつくれたら、どれだけの数を生み出せるだろうかって、本気で悔しいと思う時がある。

そんな気持ちをずっと長い期間引きずりながらきてしまった。そして、いつの日か、うまくいかないことを、そんな境遇のせいにして、本当ならもっと出来たってバカみたいに言い訳している自分がいた。

そんな自分は最終的にはこう思っていた。〈私は近い将来に、このどちらか一つを選ぶことになるんだろうな〉って。そして、それが会社にとっても自分にとってもいいと思っていた。経営者だけになるのか、デザイナーだけになるのか。一体私はどうしたらいいんだろうとずっと悩んでいた。

お客様の前にそんな迷いは一切出さなかったけれど、ある一時期は、本当にスランプだと思えるくらい、経営もデザインもうまくいかなかった。

両方の世界で達成しなければならないことが山積みで、どちらか一方を立てれば他方が立たずという状況だった。それが苦しくて仕方がなかった。

たとえば、いつも日本にいたらできることができない。大きな商談も日程的に厳しい時がしばしばあり、銀行の署名も私か山崎のいずれかでいいように調整してもらったりしている。しかし、つねにバングラデシュやネパールの工場にいることができないことは、自分の中ではフラストレーションになる。新しい商品を生み出す（デザインする）ことも、限られてくる。

「会社を堅調に成長させながら、前のシーズンを超える商品を生み出す」経営者としての自分がデザイナーの自分を責めて、デザイナーの自分は経営者の自分をすごく責める。デザイナーとして、絶対にいいと思う商品を、経営者の私はそう判断しない。経営者としての自分は、コストをかけてリスクの高い商品なんて望んでいない。そんな構図で、どんどん私は分裂気味になっていった。自分の中に二人の自分がいる。苦しみは頂点を極め、会社に行くことができない日もあった。とどめを刺した言葉は、あるアパレル会社の元社長からの言葉だった。「デザイナーと経営者を両立できるのは1000人に1人」。そうだよね……って素直に思った。私は999人のうちの1人だというのは明らかだった。

悲しみでいっぱいになり、人生が一度しかないことを心から悔しいと思った。でも時が経つにつれて、少しずつ私は、この葛藤の中に自分自身を受け入れようと思うようになった。それは、二つを両立しようとしているからこそ、できない部分もあるけれど、できたり、見えたりするものもあるっていうことに気が付いたからだ。

ある夜、一生懸命0《ゼロ》からつくり上げたバッグを、バングラデシュの工場のサンプルルームの壁にひっかけて眺めていた。このバッグをつくるのに数ヵ月かかった。サンプルをつくる回数は20回を超えていた。そのとき、工場には私とムンナ（ヘルパー）しか残っていない。そんな寂しい工場の中で、とても存在感のある、かわいいバッグだった。そして心に強く思った。

「このバッグには、最高のお店を用意してあげなくちゃ」と。

そう思うのは、すごく自然な気持ちだと思う。小さな赤ちゃんが隣ですやすや寝ていたら、どんなに仕事で疲れていたって、〈この子のために、明日もまたがんばろう〉と、きっと思えるはず。そんな気持ちと全然変わらない。そのものや、その子を愛すれば愛するほど、力が湧いてくるはずで、どちらか一方しかない時よりも、ずっときっと、それは強く絶え間なく流れる力だと思う。

私は、デザイナーとして頑張ることと、経営者として頑張ることは、じつは分断されているものではなくて、つながっているんだって、すごく大事なことを感じ取った。

「二つはバラバラの世界じゃない」

いま私は、この両立しがたい二つを組み合わせているからこそ、生きがい、個性、オリジナリティが生まれ、葛藤の先にもう少しだけ大きな自分が生まれるんだと思っている。

今いる境遇に対して不満しかもっていなかった私だけれど、少し見方を変えて、この境遇だからこそ見えるものがあると思えたら、すごく前向きに、前に進めるようになった。今でもこの両立をどこまで続けられるかわからないけれど、続けた先に何が見えるのかなぁと楽しみに待ちたいと思っている。

チームメイト

人は誰でも一人では生きられないと私は思う。そして、同じように誰でも夢は一人では叶えられない。いま、5年前に夢見たことが少しずつ現実になっている理由は、少しずつその夢を自分のことのように思ってくれるスタッフが増え、みんなの力が個々の集合体じゃなくて、一つのチームとしての力をもっているからだと思う。

私自身がそこに何ができたかっていうと、ほとんど何もできていない。社長としてすべてを引っ張っていったかというと、けっしてそうでもない。むしろ足りない部分ばかりだったように思う。だからこそ途中で一緒に歩くことができなくなったスタッフもいた。価値観が合わないと途中で気が付けたことは、お互いにとってよかったかもしれないけれど、価値観の相違ばかりじゃなく、私自身のマネジメント能力の不足でやめていったスタッフもいたと思う。

「いたと思う」という言葉になったのは、どんな理由であれ、会社を去る時に本音を話すスタッフはいないから、私にも確実にはわからないからだ。誰でも人は波風立てずにやめたいに決まっている。だから私はたとえ彼らが口にした理由があっても、それとは違う部分、私の中の問題点や組織への不満でやめていったのではないかと思う。

ただ、何でやめたのかは経営者として正確に知る必要があるとは思ったし、大事なのは経営の裏側や表面に、そうしたスタッフの退社がつくり上げる負の雰囲気が蔓延するのを防ぐことだと思った。だから、その裏にあるものを知りたくて、私は社員みんなに紙に書いてもらったことがあった。匿名のものが大半だったが、その内容には心に突き刺さるものがあり、私自身の無力さを感じた。ただ、みんなが正直に書いてくれたことには心から感謝しているし、それは私自身の成長に確実につながったと思っている。今でもこの紙は大事に自宅の机の引き出しにしまってある。見るたびに、自分自身を責め、励まし、人生の宝物だと思っている。

書いてもらった一部にあった不満はコミュニケーション、情報共有に関するものだった。組織が少しずつ大きくなってトップダウンで意思決定する場合、その決定に至るまでのプロセスを共有していないと、突如として頭から指示が落ちてくるという状況に対し、やはり不満があった。そして4〜5人だった時はよかったけれど、さすがに30人を超えてくると「社長が遠くなった。もっと近くにいてほしい」という、叶えたくても叶えられない気持ちも湧いてくる。情報共有網の整備、中間マネジメントの育成、そこに対するビジョンの共有など、経営課題に取り組みながら、これまでやってきたのだけど。

スタッフがやめる時ほど、会社をやっていてよかったのかと疑問に思う時はない。同時に、一緒にやっていけないと、断言しなければならない時もある。誰が好き好んでこんな立場を選ぶのだろう。

「気は使っても神経は使うな」って大企業の大先輩に言われたことがある。その度に、そんなふうに強くなれたらどんなにいいだろうって、私は自分自身の弱さを悔しく思った。

私は、ネパールの事業再生を行う過程で、バサンとビピンという2人に別れを告げた。ビピンはネパールで2009年から一緒にやってきたネパール人。「新しいものをつくるのが楽しい」って心から話してくれた彼の表情は今でも忘れられない。先述したネパールとインドを管理していたバサンは、私にとっては家族のような存在だった。インドに住む彼がネパールも管理するっていう体制そのものが、私たちが掲げる期待に応えるものではなかったのが根本的な理由だった。別れを告げる前日も眠れずに、どのように伝えるのが本当にベストなのか、私はずっと考えていた。必ず1年後に黒字転換するっていう固い決意があって、その先にネパールという国に新しい変化の風を生み出したいっていう気持ちがすべてだった。

「バサン、今まで一緒に戦ってくれてありがとう」。カトマンズにある小さなレストランの角のテーブルで、私は少しずつ会社の実情と期待していたこと、現体制の限界、そして新たなステップに進むために私が決断しなければならないことを淡々と話しはじめた。バサンは「You are the boss.（君がボスだ）」って言った。そして「I'll follow what you say.（君が言うことに従うのみだ）」と加えた。

誰にとって何がいいのか、考えれば無数の回答が生まれる。そして、社会にとって、いいことなんて、まったくわからない。今、自分の範疇《はんちゅう》には、会社にとってベストな選択を〝つねにそれが何かの犠牲の上に成り立つことを理解した上でも〟強い気持ちで行っていく、ということしかない。

このバサンとの会話の数ヵ月後に、私たちはネパールからの新アイテムである洋服を銀座店に登場させて、これまで2年間できなかったネパールの存在感を表現することができた。バサンに報告をした。「バサンとの蓄積がなかったら、これはなかった」って。どれだけの迷いの上に立っていても、前に進むことでそれを振り払うしかない。

組織や人のことでは悩みは尽きない。けれど一方で、満たされない心も、スタッフが充実して働いている姿を見ると満たされてくる。一時期は会社に行きたくなくなってしまうほど、悩んだ事もあった。自分でつくった会社なのに。そう思いながらも、その発端が自分自身の中にあったと思うから余計に悩んでしまった。

それでも道は必ず開けると思っているし、信頼のベースを形成するのは、自分がまず信頼をすることだと学んだ。

正しい答えなんてない

マザーハウスを立ち上げてすぐに、よく批判めいたメールをもらっていた。そのメインは、NGOやボランティアを専門とする人たちだった。内容は「バングラデシュという言葉を使って、ただの金儲けじゃないか」ということだった。最初私には、その意味がピンとこなかった。彼らが言っているのは金儲けに対する批判であり、私も営利企業として、その仲間入りをしているくせに、製造国がバングラデシュであり、その人たちのためにっていうニュアンスが恐らく気に入らなかったのだと思う。

起業して1年、2年は、そもそも社会性を持ちながらビジネスをするという手法がなかなか理解されずに、私はいつもだれかから非難を受けている感じだった。

社会的な組織やグループからは、上に書いたようなことを言われ、一方でビジネスをしている人たちからは、「そんなんで、ビジネスの世界で生きていけるほど甘くない」とか、「なんでNGOじゃないの？」といった具合に、なぜか収まり具合が悪い感じがずっとしていた。ただそこから、急速にメディアが「社会起業家」というキーワードで取り上げはじめて、なぜか急に風向きが変わっていった。私は居心地の悪いどっちつかずの立場から、「社会起業家のトップランナー」とタイトルをつけられ、さまざまな記事の中におさまっていった。「どういうこと?!」と最初はとても戸惑った。「社会起業家」をテーマにした最初の取材は、確か2007年だったと思うが、私はつい「社会起業家ってなんですか？」と本気で質問してしまった。そして、ついにはシュワブ財団が主催するSocial Entrepreneur of the Year in Japan 2010のグランプリという光栄すぎる賞を頂いてしまったのだ。私は時代の流れの速さをとても感じていた。そして周囲の目の変化もメディアと合わせて急速に変化する。「ビジネスは甘くない」と言っていた人たちは急に「これからの企業は社会的責任を」と言いだし、援助の世界でも「民間との連携を」という具合に。

ただ私は、社会起業家でもなんでもいいけれど、自分がやっていることが100パーセント正しいと思ったことは一度もない。ボランティアの人たちから言われたような指摘も部分的には合っているように思う。そして、ビジネスの世界の人たちが言った「甘くない」という言葉も、本当にその通りだと思う苦い経験ばかりだ。

5年経って8店舗になっても私は〈本当にこれでよかったのか？〉という気持ちを、つねに持っている。マザーハウスのマトリゴール工場で雇用できるのは労働者だけだ。どうしたって身体が不自由な路上生活者の人たちに直接働きかけるのは難しい。

そして、ひどい競争社会の中で私たちが売れれば、もちろん買う人が比較検討している競合他社は売上を落とす。逆もそう。そんな世界で生きてきて、何が正しいんだろうと思う感覚は正常だと思う。

バングラデシュが世界から注目されはじめて、今では日本人がたくさんいる。しかし、同時に急速に治安が悪化し、外国人を狙った犯罪が増えて、また武器や凶器も、今までになかった銃を使ったケースが増えはじめた。何が正しいんだろう。

正しいと思ってしたことが、違う人の目からは正しくないと映ることはほぼ100パーセントだと思う。絶対的な正しさなんてこの世には存在しないから。

途上国のダム建設はいつも話題になる。ダム予定地に住んでいた人たちが立ち退きにあい、家を失う人がいつも出る。途上国で新しい学校をつくる。子どもたちは学校に行くことができて本当に幸せ。しかし、大事な労働力を失いたくない家族は学校に行かせようとしない。そうなると、その家族全員が村八分を受けたりする。すべての行動には「リアクション（反応）」がある。

ビジネスをやっていると、人を解雇しなければならないこともある。その人にとってベストなのは、私の会社にいることじゃないと、何度も何度も考えた末に出した結論であっても、本当にそれでよかったのかは今でもわからない。進むこと自体、正しいのかどうかもわからない。

商品を通じて、つくる人や買う人に喜びを与えたいと思いながらも、「決断」っていうのがつねに何かの犠牲の上に立っている世界の中で、プラスだと思えることが、それがもつネガティブな「リアクション」で、まったく相殺されて、0《ゼロ》になってしまうのではないかと思う時もある。

もしそうだとしたら、会社なんてやらず、何も行動を起こさないこともまた0であれば、後者の方がよっぽど楽で、居心地がいい人生なのではないかと真剣に思う時もある。

すべてから離れて、誰の人生にも関与せず、一人で生きていきたいと何度思っただろう。

ただ、私は、正しいかどうかなんてわからないこの世の中に生きて、一つ思っていることがある。最後、進むかどうかを決めるのは正しさではなく、自分の心だということ。それは客観ではなくって、そこまで悩んだ末に、100パーセントの主観で決断する。それしか自分にはいつも道が残されていない。そしてその主観さえも100パーセントこう思うという類のものじゃない。プラスもマイナスもあった上で結果が、0ではなく、もし0・001でもプラスなら、やる意味があるんじゃないかと私は思って、一歩を踏み出している。

自分のやっていることは正しい！　だから突き進むだけなんだ！　なんていう勢いがあるものだったらどんなにいいかなと思う。私は、いつもものすごい葛藤の渦の中で、一歩一歩を踏み出すたびに「0・001のプラスかな」という気持ちで進んでいっている。

ある時、社内のスタッフから（今はもうやめてしまったが）「社長として失格だ」というメールをもらった。もうすべてが嫌でどうしようもなく心身共に疲れ果てていたし、誰を信じることもできなかった時期があった。でも、そんな時のバングラデシュの出張先で、無理に笑顔をつくっていると、サンプルマスターのモルシェドが作業をしている私に対してぼそっと言った。

「マザーハウスの挑戦は、はじまったばかりだよねぇ」って。

私のさまざまな葛藤を見透かしているかのように出てきた一言だった。

「うん……。そうだねぇ。本当にそうだ」

そう答えながら5年間、せめて0じゃない0・001があるのかもしれないと、気持ちを少しだけ強くできたこと、本当に感謝している。

夢は雲

私は幼少期から、イジメられたり、非行に走ったりと結構いろいろな経験があったためか、いつも哲学的なことばかり考えている。

小学生にして「生きるのって大変だなぁ」って公園で思いながらお絵描きしていたから、もうそのころから人生について考えるのが、なんだか癖になっている。中学生になり非行に走った時は、すべてが馬鹿らしく思えて、それはそれでいい生き方だと思った。考えないことが幸せなんだって思った時期だった。それから柔道と出会い、自分がつくった目標を達成していくことが生きる意味だと思った時期もあった。大学に入り、バングラデシュに渡り、起業をして、何かがわかるかもと思ったが、いま30歳になったけれど、まったく何もわからない。

「何が幸せなんだろう」

それに対して、私はこれまで自分の夢や、目標を達成することが〝幸せ〟だったり人生において大事だと思っていた。でも、それについてある気付きがあり、そこからは違う価値観を持つようになった。

「夢は雲だ」っていう言葉を、私はある日のブログで書いた。それは夢だった銀座にお店をオープンした日のことだった。

2010年8月、銀座に6店舗目がオープンした。モザイク銀座阪急という商業施設の2階。このビルは全体として、ナチュラルでおしゃれな銀座を歩く女性たちが集まる店舗が多い。オファーをもらったのは、その年の春ごろだった。

ある日、モザイク銀座阪急の方から一本の電話があった。心臓がドキドキした。話は決まり、内装などの打ち合わせ、マザーハウスらしさと銀座というエリアの融合した世界観をつくろうと思った。最終的なディスプレイが終わったのがオープン前日の夜遅く、もう夜中の0時を回っていただろうと思う。外からビルを見上げると2階に「Motherhouse」っていう大きな赤い看板がついていた。2メートルくらいあるこの赤い看板は、銀座の数寄屋橋交差点から見えて、一日にどれくらいの人がこれを見てくれるんだろうと、ふと思った。

「また夢が現実になった……」

そう思った私はふと足を止めて、今の自分の不思議な感情について理解しようとしていた。それは「うれしくって仕方がない」でもなく、「明日が不安で仕方がない」でもなく、「ドキドキした興奮する気持ち」でもなく、また「ここまでやったんだっていう達成感」でもなかった。

夢だった。本当に先進国の日本で、ファッションの中心にある銀座、そこに自分のお店を構えることが。そして、すべての商品が途上国で、温かくつくられている。

それこそが、バングラデシュではじめてジュートと出会って、スケッチブックに社名を書いたころの私の頭に描かれたイメージだった。

その夢は叶ってしまったんだ。こんなに早く。そして私は思った。

「夢は雲だった」って。

摑んだら、消えていってしまったんだ。あっという間に、気が付かない間に、どこかに消えてなくなってしまった。そして、また空を見たら、新しい空と、新しい雲が浮かんでいた。それは前よりももっと広く、深く、澄んだ空と、前よりもずっと大きくて真っ白な雲だった。

でも思う。〈この雲も摑んだら、また消える〉って。

〈わかっちゃったんだ。私。夢なんて、雲だって〉

そう思った時に、夢を実現しても、それが直ちにたまらない幸福感を約束するものでは、けっしてないと知ってしまった。すごく悲しい気付きだった。自分にとっては、何かポカーンと胸に大きく穴があいてしまったかのようだった。「夢をもって歩いて行こう！」なんて、よく聞く言葉だけれど、それが実現したとき、幸せになれるってことは、どこにも書いてないし、誰も言っちゃくれない。

そして実際に、そうじゃなかった。

〈あぁ、どうしよう〉

私はすごく焦ってしまった。今まで「夢」を叶えることが、自分にとって幸せだと思っていたし、幸せじゃなくたって、素晴らしい喜びを与えてくれるものだと120パーセント信じていたから。それを感じたくて、ひたすら歩いてきたから。

私は思った。

〈じゃあ、どうして、歩き続けるの？〉

こんな大事なことに気が付いてしまっては、もう歩く意味がわからなくなってしまった。

夢を追う人間は、摑んでも何もない雲を目指して、今日も汗を流して悔し泣きして、また歩いている。

だけど今、私は思う。

〈ただ夢を追う、そのプロセスが、素敵なんじゃないか〉って。

経営では結果が最も大事だと思う。だからこそ、数字にうるさい私は嫌がられる。でも人生はそうじゃない。

雲を追いかけながら人生の山あり谷ありを泣いたり笑ったりしながら、そして、素敵な仲間との出会いや別れがありながら、時にはでこぼこ道や落とし穴もあったりしながら、歩いていく。そのプロセスに幸せも、悲しみも、喜びも涙も人生の醍醐味《だいごみ》すべてが詰まっている。

そして、そのプロセスが高くて、きれいな、自分の理想とする雲を摑むプロセスであるほど、身体いっぱいでその醍醐味を感じられるんだと思う。うれしいときは飛び上がってガッツポーズしちゃうくらい、自分をcrazyにさせる雲を見つけてほしい。その雲を掴んだら、また違う空が広がっているけれど、気が付けばもっと高くジャンプできる自分がいて、そして雲ももっともっと大きくなっている。

最後に、いつ素敵な雲に巡り合ってもいいように、準備万端な自分でいること。つねに自然体で、うつむかないで、上を向いて生きよう。雲がひょっこり突然見えたときに、最初の一歩がスムーズに踏み出せるかどうか、ちょっと躊躇して1秒遅れちゃえば、雲はまたどこかに消えていってしまうから、その違いは本当に大きい。チャンスを掴むのは、日々の自分の心の準備があるかどうかなのかなと思う。

自分思考で描けた青い空には、素敵な雲が広がる。そして、自分思考で自分自身の可能性を信じる限り、雲も空もずっとずっと果てしなく広がっていくはず。

エピローグ

この本を書くにあたって、私は、もっと自分を知る必要があった。

本当にあの時、自分は何を考えたか、何を基準にして行動したか、どうして続けたか、あるいはつねにもっている癖、習慣などからヒントを得ながら、まさに本を書くことで自分自身を知っていった。だからこそ書くのにとても骨が折れた。自分自身はわかっているようで、わかっていない。

そして原稿の提出ぎりぎりになり、何日も徹夜していたので行き詰まった私はついに、「ねえ、私ってどういう性格だと思う？」と数人のスタッフに聞いてみたのだった。

面白いことに、それぞれのスタッフがまったく違うことを言った。あるスタッフは私のことを草食系で、他人の意見を聞いて、価値判断をしない、と述べたのに対して、違うスタッフは、私は人より強い価値判断を持っていて、それを絶対に曲げない、と述べた。ある友人は「根暗で、ネガティブで心配性」と断言。さらに親は「道を切り開いてきたと思う」と付け加えた。副社長の山崎は、「捉えどころのない人です。相当変わっている」ということだった（笑）。

びっくりしてしまった。

この意味は、ある角度や視点からは自分のある一部分がハイライトされるが、360度見渡せば、その角度では見えなかった性格も要素も内包されているということだと思う。

でもすべては、今までの短い人生の旅路の中で見たさまざまな風景、話したさまざまな国の人、触れた価値観、感じたこと、考えたことで構成されている。

今この瞬間、私はパリからロンドンに移動してきたホテルにいる。パリでもロンドンでも、新しい価値観に触れることができて、とてもうれしかった。

ここ数ヵ月で出張に行ったネパールも、バングラデシュも、台湾も、インドネシアも、フランスもイギリスも、日本とそれぞれ違う価値観を持っていて、そこに住む人たちも千差万別の価値観の中で暮らしている。

世界はどんどん情報に溢れ、昔のように大きな波をつくることが難しくなった。ファッションでも黒が流行った時代があったり、マニッシュな女性像が流行した時代もあり、こぞってその波に乗ろうとしてトレンドというものが出来ていた。パリコレを見て日本はそれをトレンドという言葉と共に輸入し、西洋の服を楽しんでいる。

けれど、個人個人がさまざまな情報を手に入れて、また発信できるようになり、そうした大きな波は、つくりづらくなってきた時代が今だと思う。

ブログ、ツイッターなどで発信される情報は秒刻みで入ってきて、Aを好きだという人もいれば、Bが好きだという人も、Cから無限までさまざまな発言が飛び交っている。いい意味で個性が許される時代になってきたともいえるが、情報があまりにも多くまた錯綜しているので、情報を入手するのは非常に簡単だが、それを精査し、さらに自分の意見としてまとめ、考えるのは非常に「面倒くさい」行為になった。その結果、人間は思考停止状態になっている。そうなると自然なことだが、近くの声が一番大きく聞こえてくる。そして、それを自分の意見にすり替え、いつの間にか誰かの意見の代弁者になっている自分がいる。

こんな時代だからこそ、私は「考えること、つまり〝思考〟すること」が何より大事だと思っている。動くことは「思考」の結果であると同時に、新しい思考に到達するためのヒントになる。一方で思考が伴っていないただの「動く」は誰にでもできて、そこには何の意味もないと思っている。

考えることは基本的に面倒くさい。

そして、その考えるという行為は、人間に幸福な瞬間をもたらしはしない。多くはロダンの「考える人」の彫刻のような悩ましい姿になる時間をくれるだけだ。

でも、考えることをやめてしまった人は恐い。

一旦思考停止になった時に、人間としての進歩も成長も終わってしまう。

悩んでも考えても答えがすぐに出るわけじゃない。それだけ簡単ではない悩みを抱えているのだから。

でも、自分自身で時間をかけて悩み考えた答えは、自分の人生に一つの軸をくれ、個性をくれ、人を巻き込む力をくれるものだと思う。

人生にとって考えることが大事ならば、せめて私たちは「考える人」のような悩ましい姿ではなく、もう少し陽気に悩めないものかなと思う。前を見て、目の前の空が青いことに喜びを感じながら、自分思考を深めていけたらと思っている。

２０１１年９月　山口絵理子

本作品は２０１１年9月に小社より刊行されました。
本文中の年齢、肩書、地名、為替レート、店舗数など
は執筆当時のものです。

山口絵理子―1981年埼玉県生まれ。慶應義塾大学総合政策学部卒業、バングラデシュBRAC大学院開発学部修士課程修了。大学のインターン時代、ワシントンの国際機関で途上国援助の矛盾を感じ、当時アジア最貧国バングラデシュに渡り日本人初の大学院生になる。「必要なのは施しではなく先進国との対等な経済活動」という考えで23歳で起業を決意。「途上国から世界に通用するブランドをつくる」という理念を掲げ、株式会社マザーハウスを設立。バングラデシュ、ネパール、インドネシアの自社工場・工房でジュート（麻）やレザーのバッグ、ストール、ジュエリーなどのデザイン・生産を行っている。2017年現在、日本、台湾、香港などで30店舗を展開している。Young Global Leaders（YGL）2008選出。ハーバード・ビジネス・スクールクラブ・オブ・ジャパンアントレプレナー・オブ・ザ・イヤー2012受賞。著書に『裸でも生きる――25歳女性起業家の号泣戦記』『裸でも生きる２――Keep Walking 私は歩き続ける』『輝ける場所を探して　裸でも生きる３　ダッカからジョグジャ、そしてコロンボへ』（講談社）。

講談社+α文庫 自分思考《じぶんしこう》

山口絵理子《やまぐちえりこ》

2016年５月19日第１刷発行
2017年10月17日第２刷発行

発行者――――鈴木 哲
発行所――――株式会社 講談社
東京都文京区音羽2-12-21 〒112-8001
電話 編集(03)5395-3522
販売(03)5395-4415
業務(03)5395-3615

デザイン――――鈴木成一デザイン室
カバー印刷――――凸版印刷株式会社
印刷――――慶昌堂印刷株式会社
製本――――株式会社国宝社

落丁本・乱丁本は購入書店名を明記のうえ、小社業務あてにお送りください。
送料は小社負担にてお取り替えします。
なお、この本の内容についてのお問い合わせは
第一事業局企画部「+α文庫」あてにお願いいたします。
Printed in Japan ISBN978-4-06-281654-0
定価はカバーに表示してあります。

書名	著者	内容	価格	番号
女性心理学者が教える モテる男の即効フレーズ	塚越友子	女性と話すのが苦手な男性も、もっとモテたい男性も必読！ 女心をつかむ鉄板フレーズ集	700円	A 154-1
大人のADHD 片づけられない！ 間に合わない！ をなくす本	司馬理英子	「片づけられない」「間に合わない」……大人のADHDを専門医がわかりやすく解説	580円	A 155-1
裸でも生きる 25歳女性起業家の号泣戦記	山口絵理子	途上国発ブランド「マザーハウス」を0から立ち上げた軌跡を綴ったノンフィクション	660円	A 156-1
裸でも生きる2 Keep Walking 私は歩き続ける	山口絵理子	ベストセラー続編登場！ 0から1を生み出し歩み続ける力とは？ 心を揺さぶる感動実話	660円	A 156-2
ゆたかな人生が始まる シンプルリスト	ドミニック・ローホー 笹根由恵＝訳	欧州各国、日本でも「シンプルな生き方」を提案し支持されるフランス人著者の実践法	630円	A 157-1
今日も猫背で考え中	太田光	爆笑問題・太田光の頭の中がのぞけるエッセイ集。不器用で繊細な彼がますます好きになる！	720円	A 158-1
人生を決断できるフレームワーク思考法	ミカエル・クロゲラス＋ローマン・チャペラー＋フィリップ・アーンハート 月沢李歌子＝訳	仕事や人生の選択・悩みを「整理整頓して考える」ための実用フレームワーク集！	560円	A 159-1
習慣の力 The Power of Habit	チャールズ・デュヒッグ 渡会圭子＝訳	習慣を変えれば人生の4割が変わる！ 習慣と成功の仕組みを解き明かしたベストセラー	920円	A 160-1
もし僕がいま25歳なら、こんな50のやりたいことがある。	松浦弥太郎	生き方や仕事の悩みに大きなヒントを与える。多くの人に読み継がれたロングセラー文庫化	560円	A 161-1
ドラゴン桜公式副読本 16歳の教科書 なぜ学び、なにを学ぶのか	7人の特別講義プロジェクト&モーニング編集部・編著	75万部超のベストセラーを待望の文庫化。読めば悔しくなる勉強がしたくなる奇跡の1冊	680円	A 162-1

＊印は書き下ろし・オリジナル作品

表示価格はすべて本体価格（税別）です。本体価格は変更することがあります

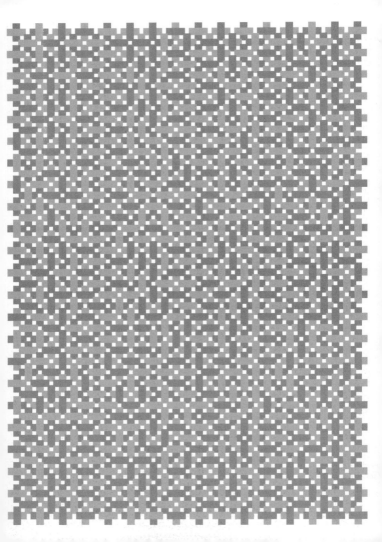